目次

主な登場人物

大平将太（二一）

大平家の三男坊。六尺豊かな偉丈夫。手習所・勇源堂で師匠を務める傍ら、中之郷の旗本屋敷にも手習いを教えに行っている。「鬼子」であった過去を恐れ、極端なほど慎重に自分を律している。義妹の理世をことのほか大切にしている。

大平理世（一九）

将太の義妹。長崎の薬種問屋の娘で、江戸での縁談のため大平家の養女となったが、相手方の事情により破談。長崎にも戻れず、そのまま大平家の娘として暮らしている。舞を舞ったり月琴を弾いて唐話（中国語）の唄を歌ったりなど、芸事が得意。

大平家

邦斎（五三）……将太の父、医者。医療において貴賤なしという信念を持ち、誰に対しても厳格な態度を貫く。将太や仲間たちの自由闊達な学問塾の夢に真っ向から反対する。

君恵（五一）……将太の母。寡黙な邦斎の代わりに、きびきびとした物言いで口数が多い。旗本出身。健康的な体つきで年齢を感じさせない。

丞庵（三〇）……将太の長兄。医者。大平家の嫡男。物静かな人柄。多忙な身だが、妻子との時間が日々の癒やしになっている。

初乃（二七）……丞庵の妻。旗本出身。おとなしく、体つきも儚げな印象。

卯之松（八）……丞庵の息子。友達がほしくて勇源堂の筆子になる。

臣次郎（二九）……将太の次兄。医者。独り身。涼しい顔で何でもこなしているようで、その実、今後のことでひそかに悩んでいる。

カツ江（六一）……大平家で古くから働いている女中。他の奉公人に「鬼子」として疎まれる将太に対し、辛抱強く世話を焼き続けている。

長谷川桐兵衛（五三）……大平家の用人。顔かたちや体つきが四角く、態度も四角四面。理世はこっそり「真四角」と名づけている。

ナクト……理世が長崎から連れてきた黒い雄猫。名はオランダ語で「夜」を意味する。曲がった尻尾は生まれつき。屋敷では「クロ」と呼ばれている。

イラスト／Minoru

将太の学問仲間

吾平（二二）……京生まれ。大平家の下男。物覚えが極めてよい。
霖五郎（二四）……紀州の裕福な商家の息子。博学多識で人懐っこい。
朱之進（二四）……旗本の子息。算術が得意。家族仲がこじれている。

『拙者、妹がおりまして』チーム

白瀧勇実（二七）……将太の手習いの恩師。今は昌平坂学問所に勤めている。
菊香（二三）……勇実の妻。おとなしげな反面、剣術や体術は相当な腕前。
矢島龍治（二五）……将太の剣術の恩師。道場の跡取りで師範代。とても強い。
千紘（二一）……龍治の妻で勇実の妹。将太と同じく勇源堂の師匠。

気になる人々

諸星杢之丞（二〇）……理世の許婚候補。諸星家の嫡男。奥手で誠実。
諸星才右衛門（二六）……ずば抜けた美男子でどうしようもない女たらし。杢之丞の兄。
おれん（一七）……大店のお嬢さま。将太に惚れている。自傷癖があって危うい。

怪盗団・蝙蝠小僧の一党

銀児（一五）……勇源堂の筆子。本名は白太。絵師の卵で視覚に優れる。
次郎吉（二九）……元は義賊鼠小僧だった。身が軽く、神出鬼没。
尾花琢馬（三二）……勘定所勤めの役人。大人の色気の持ち主。

手習所・勇源堂と矢島道場

桐（一三）……御家人の娘。女の子のリーダー。
久助（一三）……鳶の子。男の子のリーダー。
良彦（一三）……鋳掛屋の子。久助の相棒。
十蔵（一一）……かわいい顔のしっかり者。
丹次郎（一二）……炭団売りの子。弟妹が多い。
淳平（一四）……御家人の子。算術が得意。
鞠千代（一一）……勇実の筆子。神童と呼ばれる。

寅吉（二一）……矢島道場の門下生で下っ引き。剣術の腕はからっきしだが、聞き込みは得意。筆子たちからは友達扱いされている。
浅原直之介（三五）……矢島家の隣の屋敷に住む、独り身の御家人。正体は華氏原三二という戯作者で、筆子たちに懐かれている。将太たちが目指す自由闊達な学問塾にも賛同の意を示す。

義妹《いもうと》にちょっかいは無用にて④

第一話　行方《ゆくえ》知れず

一

文政八年（一八二五）の五月に入ったところである。いかにも五月雨《さみだれ》らしい長雨がしとしとと降り続いている。

「お天気ひとつで気の持ちようが変わるのは、なぜなのかしら」

縫《ぬ》い物《もの》の手を止めて、理世《りよ》は外を眺《なが》めやった。

義姉《ぎし》の初乃《はつの》は書き物の筆を休め、そっと笑った。

「空が心に働きかけるのか、心模様《こころもよう》を空模様に重ねてしまうのか、どちらでしょうね。理世さん、雨降りの薄暗い中で針仕事をしていたら、目が疲れてしまうでしょう？　少しお休みしましょうか。お茶を淹《い》れるわ」

「義姉上《あねうえ》さま、わたしも手伝います」

「いいのよ。座っていてちょうだいな」

る。

初乃は筆を置いて座を立った。

大平《おおひら》家の離れでは、嫡男《ちゃくなん》の丞庵《じょうあん》が妻の初乃と子の卯之松《うのまつ》とともに暮らしてい
こぢんまりとした庵《いおり》だ。もとは茶室として使われていたようで、湯を沸《わ》かすための小さな囲炉裏《いろり》が座敷の隅にある。

初乃は手際よく茶を淹れ、羊羹《ようかん》を木皿に載せた。

昼八つ半（午後三時頃）。卯之松の手習いは終わっているはずだが、まだ戻ってこないのだろうか。

「どうぞ召し上がれ。羊羹は、夫が患者さまからいただいてきたの」

「ありがとうございます。卯之松ちゃん、今日は遅いんじゃありませんか？」

初乃は微笑《ほほえ》んだ。色白でほっそりとした、美しい人だ。化粧《けしょう》っけがないのが、かえって美しさを引き立てている。

「あの子、実は先月から矢島《やじま》道場で剣術を教わるようになったのですよ。今日はお稽古《けいこ》なの」

「まあ、知らなかった。卯之松ちゃんったら、どうして教えてくれなかったのかしら。わたしの薙刀《なぎなた》の稽古を見物して、すごいって誉《ほ》めてくれるんですよ。自分

は何もできませんって顔なんかしちゃって」

「自信がなかったのですよ、あの子。強くなれるまで理世さんには黙っておいてほしい、なんて言っていたの。でも、近頃は少し、体の動かし方がわかってきたのではないかしら。上手《じょうず》になってきたのよ」

理世はくすりと笑った。

「卯之松ちゃんからお稽古を見せてもらえる日が来たら、心底びっくりした、という顔をしますね」

「そうしてあげてもらえると助かります。本当に、ほんの短い間に上手に竹刀《しない》を使えるようになってきたの。ほら、あの子、体が大きいわりに、体の動かし方は歳相応か、いっそ拙《つたな》いくらいでしょう？」

「走り方がぎこちなかったり、転んでしまったりしますね」

「このお庭でおとなしく遊んでいるばかりだったから、それも仕方がなかったのですけれど。でもね、道場で体の動かし方を教わり始めたら、どんどん変わってきているの。竹刀を構える姿が、さまになってきたのよ」

初乃は竹刀を構える格好をしてみせた。

それなりの石高の旗本《はたもと》の家に生まれ育った初乃は、薙刀術や小太刀《こだち》術の腕に覚えがあるらしい。大したことはないと謙遜《けんそん》するが、竹刀を握る形を模した手は、その握り方がきちんとしている。

理世には内緒で稽古を重ねている卯之松は、離れの座敷でも、初乃に竹刀の握り方や構え方を教わっているのだろう。ひょっとすると、丞庵もにこにこして見守っているのかもしれない。

大平家の嫡男であり長兄である丞庵は、理世とは十一も歳が離れている。血のつながりはない。理世は長崎《ながさき》の商家で生まれ育ち、縁あって、江戸の大平家の養女となったのだ。

両親も三人の兄も、理世に優しく接してくれる。武家の暮らしにも慣れてきた。居心地のいい場所だ。いつまでもこんな時が流れてくれればよいとも思うが、そうも言っていられない。理世もすでに十九。縁談について、真剣に向き合うべき年頃だ。

初乃は、理世にとって特に気の置けない相手だ。こうして一緒にお茶を飲んだり、ちょっとしたおしゃべりをしたり、時には連れ立って出掛けたりもする。

「義姉上さまは、何の書き物をしていたのですか?」

「ちょっと、古い友達から頼まれたものを。写本を作っているのです。女の子向けの礼儀作法の教本、といったところね」

「なるほど、義姉上さまは字がお上手だし、めったに書き損じもしないから、写本のお仕事に向いているのね」

卯之松が手習所に通うより前は、母子ふたりで離れに閉じこもったような暮らしを送っていた。丞庵も医業の忙しさにかまけて帰りが遅かった。あれこれ抱え込んでふさいでいた初乃は、唯一の手慰《てなぐさ》みとして般若心経《はんにゃしんぎょう》の写経をしていた。

あの頃よりもずっと、近頃の初乃は顔つきが明るくなった。丞庵もなるたけ早く帰宅するようになり、卯之松も少しずつ父親と言葉を交わせるようになってきたらしい。

「卯之松は、漢字をたくさん覚えたいと言って、わたくしに手本をせがむのですよ」

「理世、という名前はすぐに書けるようになったのですって。帳面に書いたのを見せてもらいました。卯之松ちゃんは字が上手ですよね」

「あの字はね、ずいぶん稽古を重ねていたのよ。卯之松は、理世さんのことが大好きですもの。上手に書けるようになるんだって、一生懸命だったの」

「まあ、嬉しい」

甥《おい》っ子の卯之松は素直でかわいらしい。手習所では、がき大将気質の先達《せんだつ》たちから荒っぽい言葉を教わっているようだが、理世の前ではいい子のままだ。

「卯之松も、今にぐんぐん背が伸びて、こちらを見下ろしてくるようになるのでしょうね」

「本当ね。大平家の血を引く人は軒並《のきな》み体が大きいから。うらやましいわ。わたし、もともとそんなに背丈があるほうでもなかったのに、十二の頃から背が伸びなくなって、小さいままなんです」

二つ年上の兄、将太《しょうた》と比べると、ゆうに一尺もの差がある。

将太のことを思い描くと、胸がずきりと痛む。

手習所の勇源堂《ゆうげんどう》で師匠《ししょう》を務める将太は、六尺豊かな偉丈夫《いじょうふ》だ。筆子《ふでこ》に寄ってたかってしがみつかれ、よじ登られても、しゃんと立ったまま笑っている。理世より背が高い子たちをも、平気で両肩に載せたりなどするのだ。

何て大きくて強いんだろう。自分との違いを思って、理世はどきどきしてしまう。

近頃、理世は将太と言葉を交わしていない。遠目に見ているばかりだ。目が合うこともほとんどない。

それもそのはず。自分が将太を慕っている、色恋の情を抱いて慕っているということに、とうとう気づいてしまったせいだ。

いけないことだ。

血のつながりがないとはいえ、兄に恋をするなど、あってはならない。

理世は己《おのれ》の心を持て余している。将太と同じ屋根の下で暮らしていることが、あるときは苦しく疎《うと》ましく感じられる。またあるときは、開き直ったように幸福を感じてしまう。

実らない恋ならば、せめて、そばにいられるだけでも幸福なことではないか。苦しいのは、恋が実らないからではなく、違う人に奪われていくのを、間近に見ていなければならないから。

ふと初乃が、理世の縫いかけの布をのぞき込んだ。

「ちょっと、手に取ってみてもいいかしら?」

「ええ、どうぞ。待ち針を刺したところには気をつけてください。まだまだ先が見えないけれど、小物入れを作ろうと思っているところなんです」

色も柄もさまざまな端切《はぎ》れを細長い四角に裁《た》ち、縫いつないでいる。幅だけは揃えて切ってあるが、長さはばらばらだ。つなぎ方の順番や規則もない。思いつくまま、気まぐれな模様なのだ。

初乃は、ほう、と嘆息した。

「洒落《しゃれ》ていますこと。鮮やかな緋色《ひいろ》の絹に唐草《からくさ》模様の更紗《さらさ》、変わった色使いの格子《こうし》模様。この紅色の絹は瑞雲《ずいうん》の模様が散っているのね。こちらの絹は、見たこともない文様に染められている。小さな端切れをどう使うのかしらと思っていたら、素敵ね」

「一枚ずつでは、小物入れを縫うにも小さすぎたんですもの。すべて船来《はくらい》の布地の端切れなんですって。臣次郎《しんじろう》兄上さまがくださったの」

次兄の名を挙げると、初乃はなるほどとうなずいた。

「道理で、お洒落なものだと思ったわ。こんな珍しい品をどこで手に入れるのかしら？」

「長崎で荷揚げされた船来品を扱うお店に、よく足を運んでいるみたいです。わたし、少しだけオランダ語ができるから、臣次郎兄上さまが知人のために借りてきたという本を読んであげたんですよ。あ、子供向けの本ですけれど」

子供に読み聞かせるための本だから、臣次郎は照れくさそうにしていた。両親には黙っていてほしいというのも道理だ。

次兄の臣次郎は十歳年上。来年には三十になるというのに、身を固めるでもなく、飄々《ひょうひょう》と生きている。

大平家に連なる男はほとんどが医者で、大抵は頭を丸めているのだが、臣次郎だけは総髪だ。きっちりと儒者髷《じゅしゃまげ》を結ったり、一つに括《くく》って垂らしたり、その日の気分で変えるらしい。大平家の三兄弟は父親譲りの硬派な美形揃いだが、身なりに最も気を遣っているのは臣次郎だろう。

初乃は、つないだ端切れの縫い目を指先でたどって嘆息した。

「理世さんは器用ですね。わたくしは、針仕事が苦手で、こんなに縫い目がきれいに揃わないのよ」

「衣替えのための針仕事は、縫い物上手の女中が全部やってくれますものね。わたしも、そういうのはお願いしているのだけれど」

「小物入れは、自分で作ったほうが、好みのとおりに仕上げられるということね」

「はい。この変わった模様の端切れを使ってみたくて。それにわたし、この間、将太兄上さまの小物入れがぼろぼろなことに気づいたんです。そのときについ、新しいのを作ってあげるって言ってしまって」

それこそ縫い物上手の女中に告げれば、古いものを繕《つくろ》うなり、新しいものを作るなりしてくれるだろう。理世が手を出すまでもない。

だが、それは悔しいような気がした。このところしゃべらないようにしていたくせに、あのぼろぼろの小物入れを見たとき、勢い込んで将太に言ってしまったのだ。わたしが代わりのものを作ってあげる、と。

願わくは、今こうして作っている小物入れが出来上がるまで、誰も将太兄上さまのぼろぼろの小物入れに気づきませんように。

特に、おれんには気づかれたくない。

おれんは、将太を理世の前から連れ去ろうとしている。おれんが一途《いちず》に将太を恋い慕っているのは、理世にもわかっている。

正しい妹ならば、美人に慕われているのにいまいち踏み切れない兄の背中を押してやるべきだ。

理世は、正しくないことをしている。小物入れを作るのだって、きっと妹としての分限《ぶげん》を超えている。だが、わかっていながらも、手を止めたくない。

初乃が尋ねてきた。

「将太さんがぼろぼろのまま使っている小物入れというのは、ひょっとして、袂落《たもとお》とし？」

　袂落としは、男が着物の下に身につける道具だ。両の袂に小物入れの袋が来るよう、紐をつけて首に引っかけ、左右に振り分ける。

　理世はどきりとした。もしや初乃にさえ気づかれていたのか。

「ええ、袂落としの小物入れですけれど……」

　いくぶん歯切れ悪く答えたら、初乃が笑いだした。

「嫌ねえ、もう。将太さんもそうなのですね。三人兄弟、まったく違った人柄のようでいて、そっくり同じところもあるのね」

「どういうことですか？」

「丞庵も、ぼろぼろの袂落としをそのまま使っていたの。小物入れの袋が破れていても、袋からこぼれ落ちたところで袖の中なのだから問題ない、なんて言って」

「えっ、丞庵兄上さまはきっちりしているように見えるのに」

「ところが、おっとりしているというか、ずぼらというか、足袋《たび》に穴が開いていても気にしないような人なんですよ」

「まあ」

「それに、臣次郎さんも。着物にも雪駄《せった》の鼻緒《はなお》にも気を遣う伊達男《だておとこ》なのに」

「袂落としがぼろぼろなんですか？」

「左右の袋をつないでいる紐が切れてもそのままだったと、つい先日、義母上《ははうえ》さまが呆《あき》れていらっしゃいました。首に引っかける紐が切れたところで、左右の小物入れが家出するわけでもない、とか何とか」

理世は初乃につられて笑ってしまった。

「上の兄上さまたちの袂落としには気づきませんでした。将太兄上さまだけかと思ったら」

「世話の焼ける男たちですね」

顔を見合わせて笑い合う。何だか気持ちが軽くなっていく。

大丈夫。初乃にも勘づかれていない。この想いはまだ秘密のまま抱えていられる。

しとしとと降る雨の中を、卯之松が帰ってきた。

「ただいま戻りました！」

下男が迎えに行って傘《かさ》を差してくれたはずなのに、途中から一人で駆けてきたのだろう。髪も着物も、しっとりと濡れている。

「体を拭いてから、上がっておいでなさい」

初乃が手ぬぐいを持って、勝手口まで迎えに行く。

理世は針仕事の道具を片づけることにした。卯之松がうっかり針を踏んだりしては大変だ。

「長雨で外にも出られないんだもの。時はいくらでもあるわ」

理世は自分に言い聞かせる。

将太の喜ぶ顔が見たかった。それと同時に、顔を見るほどに切なくなるから、将太とは口を利きたくなかった。

二

諸星杢之丞《もろぼしもくのじょう》が兄の才右衛門《さいえもん》とともに大平家にやって来たのは、五月半ばの昼下がりのことだった。

朝は久しぶりに晴れ間がのぞいていたが、今はまた、どんよりとした空模様である。

理世が玄関まで迎えに出ると、杢之丞は鯱張《しやちこば》ってあいさつをした。

「ど、どうも、お久しぶりです」

理世の前では緊張してしまうという。頰《ほお》に赤みが差しているのが見て取れる。この人はわたしのことが好きなのだろう、と理世は感じる。感じはするが、ただそれだけで、笑顔をつくって応じる。

「お待ちしておりました。お上がりください」

諸星家は四百五十石取りの旗本である。まずまずの家柄といってよい。その諸星家が大平家との縁談を望んでいるという話を受けて、理世が選ばれ、長崎からはるばる江戸にやってきたわけだ。

もとは兄の才右衛門が、理世の縁談の相手だった。ところが、ずば抜けた美男の才右衛門は、寄ってくる女を来る者拒まず受け入れてしまう。もつれた話がいくつも出来《しゅったい》し、縁談どころではなくなったらしい。

目下、再びの縁談を望む諸星家は、次男の杢之丞を正式な嫡男としてお上に届け出て、理世を杢之丞の嫁にと求めている。

しかし、これには格下の御家人《ごけにん》である大平家が待ったをかけている。納得ずくの縁談でなければ、せっかく江戸にも大平家にも慣れてきた理世を、相手方に到底渡せない。そんなふうに母が言ってくれるおかげだ。

諸星家の当主夫妻は焦《じ》れているらしいが、当の本人である杢之丞が両親をなだめている。李之丞は慎重で根気強い。きらびやかな兄とは違い、少し顎《あご》の出っ張った、がっしりとした顔つきをしている。

　そういえば先日、草双紙《くさぞうし》の挿絵《さしえ》の中に、李之丞と似た顔立ちの男を見かけた。本多平八郎忠勝《ほんだへいはちろうただかつ》だ。鹿の角《しかつの》を兜《かぶと》にあしらい、大数珠《おおじゅず》を巻いた姿で名槍蜻蛉切《めいそうとんぼきり》を振るう、常勝の名将である。

　李之丞は、張り詰めた面持ちでぴしりと背筋を伸ばしている。そんな弟と裏腹に、才右衛門は妙にくつろいだ口調で、甘ったるい笑みを浮かべていた。

「こちらの屋敷にお邪魔するのは、年始のあいさつ以来だねえ。ああ、カツ江《え》さんもお元気そうで。相変わらず、その愛くるしい笑顔が素敵だね」

　水を向けられた女中のカツ江は礼儀正しく応じた。

「恐れ入ります」

　才右衛門におだてられても、平然としたものである。正月もそんなふうだった。諸星兄弟が帰った後、カツ江は理世の前できっぱりと言ってのけたのだ。将太坊ちゃまのほうが断然いい男ですよ、少々顔立ちが美しいぐらいで何だっていうんですか、と。

　今年で還暦《かんれき》を迎えたカツ江は、将太が幼い頃から面倒を見てきた女中だ。とにかく乱暴な聞かん坊だった将太と、辛抱《しんぼう》強く向き合い続けたという。理世にとっても、カツ江がいてくれると心強い。

「どうぞこちらのお部屋へ」

理世は諸星兄弟を客用の座敷へ案内した。

先々代から無役の御家人の大平家だが、まさにその先々代の当主が医者として大成した。以来、大平家は、手堅く誠実な漢方医《かんぽうい》を輩出《はいしゅつ》する家柄として知られている。

おかげで、本所亀沢町《ほんじよかめざわちよう》にある大平家の屋敷は、そんじょそこらの御旗本の拝領屋敷より広々としている。

座敷で茶を手にしながら、李之丞が嘆息した。

「やはり立派な屋敷ですね」

才右衛門もうなずいた。

「大したものだよねえ。調度《ちようど》の類《たぐい》も実に見事なものばかり。値が張るだけじゃなく、上品なのもいいね。ただの成金ではないってこと。父上と母上が大平家との縁組をと熱望するわけだ」

「兄上、そんな言い方は理世どのに失礼です」

李之丞にたしなめられても、才右衛門はどこ吹く風である。

「理世さん、我が両親は利に聡《さと》いところがあるけれど、李之丞は違うからね。弟は調度の値打ちにはこれっぽちも興味がない。ただ理世さんと添いたいって気持ちがあるだけなんだ。わかりやすいだろう？」

「兄上！」

李之丞は語気を強くしたが、才右衛門もカツ江も笑っている。

こういうとき、どうするのがいちばんいいのか。ちらりと考えを巡らせて、理世はそっと目を伏せて微笑んでみせた。はにかんだように見えるはずだ。

今日もまた、心が体から離れてしまっている。空っぽになった自分を見下ろして、人形のように操《あやつ》っているのだ。

いずれにせよ、才右衛門との間にはもう、わだかまりはない。縁談だの色恋だのというのを抜きにして、ただの友として付き合うなら、武士らしからぬほどに気さくな才右衛門はなかなか愉快な人だ。理世も近頃ではそう思っている。

ふと、客間の障子《しょうじ》の向こうから声が掛かった。

「失礼いたします。理世お嬢さま、今日は無事にお連れできました」

下男の吾平《ごへい》である。京訛《きょうなま》りの柔らかな言葉が耳に優しい。

理世は、どうぞ入って、と応じた。障子が開くと、吾平が籐《とう》の籠《かご》を大事そうに抱えている。

籠というよりも、壺《つぼ》のような格好のものだ。口のところは狭く、理世やカツ江の手は入るが、吾平はぎりぎりだ。むろん将太はまったく無理で、親指を除く四指を入れてみたら抜けなくなり、ちょっと大変だった。

李之丞が、あっ、と声を上げた。

「その籠はもしや……」

「李之丞さまからいただいたものです。すっかりお気に入りなんですよ。ビードロの深鉢もこちらの籠も、よいものを贈ってくださり、ありがとうございます」

理世の言葉にうなずきながら、吾平が籠を畳の上に置いた。

狭い口の奥で、小さな点が二つ、ぴかぴかと光る。

籠から猫が現れた。艶《つや》やかな黒い毛並みを持つ、小柄で姿のよい猫だ。尻尾《しっぽ》は生まれつき鉤型《かぎがた》に曲がっている。

李之丞が目を輝かせた。

「こちらがクロどのですか……ああ、何と、つやつやして愛らしい！　やっとお目にかかれました」

「お年始のときは、わたしの部屋の欄間《らんま》から下りてきませんでしたものね」

「気まぐれで人の言いなりにならぬところも愛らしゅうございますよ」

クロと呼ばれたのは、理世が長崎から連れてきた黒猫だ。かわいい顔をしているが、しゃがれた声で鳴く。本当の名はナクトという。オランダ語で「夜」を意味する言葉だ。その名は杢之丞に教えていない。

ナクトは杢之丞を流し目で一瞥《いちべつ》しただけで、とことこと畳の上を歩いて部屋の隅に行き、丸くなった。杢之丞は嬉しそうに微笑みながらも、ナクトにちょっかいを出そうとはしない。

「今、クロは機嫌がいいみたいです。近づいても大丈夫ですよ」

理世が勧めてみても、杢之丞はかぶりを振った。

「こうして眺めているだけでいいのです。こちらにすっかり気を許して近寄ってきてくれるまで、ここにおります」

つんとしてばかりのナクトにしては珍しく、杢之丞のことが気になっているようだ。顔はそっぽを向いていながら、耳はこちらの会話をうかがっている。鼻もひくひくさせている。

ひょっとすると、ナクトは、お気に入りの籐の籠やビードロの深鉢を贈ってくれたのが杢之丞だと、何となく察しているのかもしれない。猫は人より鼻が利くというから、においでぴんときたのか。

ナクトが客と同じ部屋にいるなど、今までなかったことだ。相手が杢之丞だから許してやっている、といったところか。もっとわかりやすくお礼をすればいいのに、と理世は思う。

「クロは籠のほうを特に気に入って、寝床にしているんですよ」

籐の籠もビードロの深鉢も、上等な品だ。理世はビードロについて、どうしても気になった。舶来の品であるビードロを作る職人が、長崎だけでなく、江戸にもいるというのだろうか。

手紙で尋ねてみると、杢之丞は「あの深鉢は内神田《うちかんだ》の連雀町《れんじやくちよう》に工房を持つ職人から買った」と教えてくれた。そらいろ屋、という屋号の小さな看板を、工房の表にひっそりと出しているらしい。

才右衛門が物音を立てないように、そろそろと、ナクトがいるのと逆の隅のほうに下がっていく。

「あら、猫がお嫌いですか？」

理世が問うと、才右衛門は苦笑した。

「嫌いではないよ。猫も犬も馬も、私はけっこう好きなのだけれど、妙に嫌われてしまうんだ。杢之丞はこのとおり、猫が好きだし、好かれもするのに、私が近くにいると、それもおじゃんになる。幼い頃は、兄上のせいで猫が逃げたと、何度も泣かれてね」

「まあ、そんなことが」

「この兄上がかまってやるからいいじゃないかとなだめても、兄上よりも猫のほうがいい、と。あんなこっぴどい振られ方をしたのは初めてだったし、いまだに思い出すね」

大げさなことを言う才右衛門に、理世は噴き出してしまった。カツ江と吾平も笑っている。杢之丞も、ばつが悪そうに首をすくめながら、やはり笑った。

ナクトだけが退屈そうに、くぁ、と、あくびをした。小さく鋭い牙《きば》がのぞく。

「クロどのの首に巻いてある飾りは、ずいぶん洒落ておりますが、どちらで求めたものですか？」

杢之丞が問うてきた。

緋色の絹や更紗の端切れをつないで作った小さな手ぬぐいを、小粋《こいき》に巻いている。黒い毛並みに派手な飾りはよく映えた。

理世は懐《ふところ》から小物入れを取り出した。

「わたしが作ったんです。この小物入れもお揃いで」

差し出してみせると、杢之丞は、おお、と感嘆の声を上げた。

「おもしろい柄の取り合わせですね。こんなに凝《こ》ったものを作れるのですか。素晴らしい」

「ありがとうございます。雨続きで出掛けることもできず、暇を持て余していたんです。わたし、針仕事も苦手ではないんですよ」

「苦手ではないなどと謙遜した言い方をなさらずとも。何でもできるのですね、理世どのは。唄《うた》や舞や楽器もお得意なのでしょう？」

「ええ。ですが、手習いの出来は、あまりよいほうではありませんでしたよ」

理世がそう言ったときだ。

奉公人たちがざわついている気配が、障子の向こうから伝わってきた。ひょっとすると、急病人が運び込まれてきたのかもしれない。

理世は不穏なものを感じて腰を浮かせた。

吾平が素早く障子を開けて出ていって、あっという間に引き返してきた。顔を引きつらせている。

「理世お嬢さま、ちょっと、よろしゅうお頼み申し上げます。芦名屋《あしなや》さんが来はってん。手前は急いで将太さまに知らせに行ってきますんで」

「芦名屋さん？　何があったの？」

「手代《てだい》の新吉《しんきち》さんが駆け込んできはりました。おれんお嬢さまがこっちに来てはりまへんか、と。おれんお嬢さまのお姿が、昼前から見えへんそうです」

それを聞いて、理世も血の気が引いた。

三

おれんは呉服商の大店《おおだな》、芦名屋の一人娘だ。歳は十七。きれいな顔をした娘だ。

しかし、娘盛りの美人であると言い表すにはあまりに不穏な人だ、と理世は思う。

初めて関わり合ったとき、おれんは血まみれで気を失っていた。そんなありさまになりながら、大平家に駕籠《かご》で乗りつけたのだ。

血まみれといっても、他人に傷つけられたのではない。自分で自分の顔や腕を剃刀《かみそり》で切った。気を失っていたのは血虚《けっきょ》によるもので、これはどうやら、おれんが飲食を拒むために引き起こされているらしかった。

その上、身につけるのは、死に装束《しようぞく》のような白い着物ばかり。目尻と唇に差した紅色の化粧が、美しくも青白い顔を際立たせる。

理世にとって、好ましいとはいえない相手だ。将太を奪っていこうとする人。めちゃくちゃなことをして、将太を振り回している人。

それでも、おれんは将太の大切な人である。行方がわからなくなったと聞けば、将太は血相を変えて捜し回ることだろう。おれんの乳兄弟《ちきようだい》でもある手代の新吉が、こうして駆けずり回っているのと同じように。

新吉は勝手口の土間にへたり込み、肩で息をしていた。すっかり汗みずくになっている。屋敷に上がって休むように言っても聞かなかったが、白湯《さゆ》だけは喉《のど》を鳴らして飲んだ。

「おれんお嬢さんは今日、大平さまのところには一度も顔を出していないんですね？」

念を押す新吉に、理世はうなずいた。

「来ていません。今日はわたし、屋敷を離れていないから、間違いないと思います。それに、おれんさんは兄を訪ねてくるはずでしょう？　だったら、今の刻限はこちらではなく、矢島さまか浅原《あさはら》さまのところに向かうはず」

新吉は、べちっと大きな音を立てて自分の額を叩いた。

「そりゃそうだ。まだ屋敷に帰ってくる刻限じゃあねえ。くそ、俺も頭が回ってねえ」

荒々しく吐き捨てる口調に、理世はびっくりした。

新吉は、きびきびした言動とつんと吊り上がった目元のせいで、いくぶんきつい印象がある。しかし、お店者《たなもの》らしく腰が低くて丁寧《ていねい》だ。べらんめえな言葉を使うところなど、初めて見た。おれんのことで、よほど焦っているのだろう。

ふらつきながら立ち上がる新吉に、理世は言った。

「矢島さまや浅原さまのところに行くんですよね？　わたしもご一緒します。おれんさんを捜すのもお手伝いしますから」

成り行きを見守っていた杢之丞も、では私も、と名乗りを上げた。

「私にとっても、知らぬお人ではありません。若い娘御が一人でどこかへ行ってしまったとなると、心配です。何より、将太どのの心中を思えば、じっとしてはいられません。大事な人の行方が知れないとは……」

「杢之丞が捜しに行くのなら、私も行こうかな」

才右衛門がのんびりと言って立ち上がった。相変わらず仲のいい兄弟だ。将太と二人の兄もそんなふうであればいいのに、と理世は思ってしまった。生まれ育った屋敷の中で、将太はいつも殻にこもって縮こまっているのだ。

外に出ると、いつの間にか、霧《きり》のような雨があたりを包み始めていた。目に映る景色は白っぽく、一町《いっちょう》先は霞《かす》んでいる。

傘を用意する手間が惜しい。理世たちは霧雨の中を走った。

先に矢島家に駆け込んでいた吾平が、通りに出てきて知らせてくれた。

「将太さまはついさっき、お隣に行かはったそうです。霖五郎《りんごろう》さまが、おもろい謎《なぞ》かけがある言うて呼びに来はったとかで」

剣術道場を営む矢島家と垣根で境を接しているのは、浅原直之介《なおのすけ》という独り身の御家人の屋敷だ。直之介はご公儀のお役には就《つ》いておらず、書き物の仕事で暮らしを立てている。理世と吾平は、その書き物のつまびらかな内容も知っているが、これは皆には秘密だ。人に知られるのは恥ずかしいらしい。

昼八つ（午後二時頃）過ぎから夕刻にかけて直之介の屋敷を訪れると、いつも誰かしらが遊びに来ている。英雄物語の黄表紙《きびょうし》や巻子本《かんすぼん》を当て込んだ子供たちがわあわあ騒いでいることが多いのだが、今日は大人ばかりだった。

障子を開け放った座敷で、男たちが輪になって笑い合っていた。

将太と直之介、学問仲間で江戸に遊学中の霖五郎、矢島道場に通いながら下《した》っ引《ぴ》きをしている寅吉《とらきち》と、あと二人、道場の門下生らしき男たちがいる。

息せき切って駆け寄る新吉に、将太は飛び跳ねるようにして向き直った。

「し、新吉さん！　何かあったのか？」

新吉の後ろに理世と吾平と諸星兄弟が続くのを見て、将太はくっきりとした目をますます見開く。

将太と目が合いかけて、理世は顔を背《そむ》けた。いや、傍目《はため》には、新吉のほうを向いて気遣う様子にしか見えないはずだ。あえて将太を避けたとは、誰も思うまい。

新吉は、嘘をつけない将太の驚いた顔から、聞くまでもなく答えを得てしまった。

「来てないんですね、おれんお嬢さんは……」

そのままへたり込みかけるのを、吾平が慌てて支えた。

将太は腰を浮かせ、足袋《たび》が汚れるのもいとわず、庭に出てきた。

「おれんさんがどうしたんだ？　本所に来ているのか？」

新吉はかぶりを振った。

「いえ、昼前から姿が見えなくて、ずっと捜してるんです。日本橋《にほんばし》の、芦名屋の近くの馴染《なじ》みの場所は、花を見に行く稲荷《いなり》だとか、手習いやお稽古事《けいこごと》の師匠の家だとか、昔付き合いがあった友達の家だとか、思いつく限り捜しました」

「まだ見つからないのか？」

「ええ。日本橋界隈《かいわい》をあちこち捜したんですが、そうじゃないみたいで。先ほど、『昼頃におれんお嬢さんが両国《りょうごく》のほうへ向かうのを見た』という人がいて……ついさっきその話を耳に入れて、急いでこっちへ来たんです」

新吉は懐から書付《かきつけ》を取り出した。すっかり汗で湿った紙には、新吉の心当たりの場所がずらりと書き出されている。そのすべてに、ばつ印がついていた。

将太の目が、書き並べられた場所の名をざっとたどった。

「こんなにたくさん訪ねて回ったのか」

「でも、いないんです。将太さまも、やっぱり見かけませんでしたか？」

「すまん、見ていない。俺は普段のとおり、昼八つ過ぎまで勇源堂にいた。それから道場で汗を流していたら、霖五郎さんが呼びに来たんで、直先生の屋敷のほうに移ってきた。その間、おれんさんの姿は見ていないんだ。寅吉さんはどうだ？」

寅という勇ましい獣《けもの》の名がついているが、ひょろりと細身の寅吉は少しも威張《いば》ったようなところがない。将太とは同い年の二十一。剣術の腕はからっきしだが、下っ引きとして鍛《きた》えられていて目端《めはし》が利く。

その寅吉が、おれんのことについては首をひねった。

「見ていやせんね。来てないんじゃねえかと思いやすよ。だって、おれんさんのことは、筆子のみんなも道場のお仲間も、たいてい知ってるでしょう。見かけたんなら、将太先生に知らせに来そうなもんだ」

門下生の二人が庭に出てきた。ちゃんと履物《はきもの》を履き、刀も腰に差し直している。

「私たちもおれんどのの姿は見ていないが、いま一度、道場の皆にも確かめてこよう。勇源堂の筆子も、確か今日はまだ才之介《さいのすけ》が残っていたはずだから、尋ねてみるよ」

新吉は深々と頭を下げた。

「痛み入ります。ご存じかとは思いますが、おれんお嬢さんは、白い着物をまとっています。歳は十七。背は、おなごにしては高いほうで、とても痩《や》せています。表に出るときは、頭巾《ずきん》をかぶるか布を巻きつけるかで、顔を隠していることが多いです」

「会って、少しだけ話をしたことがあるよ。私が飼っている白い犬に、お揃いだと言って声を掛けてくれた。この天気でなければ、我が愛犬の鼻が役に立つかもしれないんだが」

そう話しているのを聞いて、理世は男の名を思い出した。心之助《しんのすけ》先生、と筆子たちが呼んでいる人だ。

心之助は近所に住む御家人で、旗本屋敷へ出向いて剣術の師匠をしているという。白い犬は正宗《まさむね》といって、やんちゃだが賢い。その鋭い鼻で探索をし、手柄《てがら》を挙げたこともあると聞いた。

突然、霖五郎と才右衛門がお互いを指差し合って、ああっと声を上げた。

「やっぱりおまえさん、才右衛門さんじゃないか！」

「霖五郎さん、どうしてこんなところに？」

「いやぁ、この間ちらっと話しただろ。仲間が集まって、学問の流派だ何だという壁を越えて、わいわい楽しむ場があるんだってこと。それがこの場なんだよ」

「ああ、そうだったんだ。今日は何をやっているんだい？　手元にあるのは、もしかして、算額の写しかい？」

「うん、仲間の一人が算額好きでな。自信作をこうして紙に書き出してくれるんだが、これがまた、相当に手強いんだ。このへんが手がかりだとあたりをつけて挑んだら、しっかり罠《わな》にひっかかっちまって、どうにもこうにも……」

　理世が手を打って声を上げた。

「そこまで！」

　おしゃべり好きな霖五郎と、調子のよい才右衛門の組み合わせである。このまま放っておいたら、いつまでも話し続けてしまいそうだ。理世は霖五郎と才右衛門をまとめて叱《しか》り飛ばした。

「お二人がお友達なのはわかりました。積もる話もあるのでしょうが、今はそれどころじゃありませんから！　暗くなる前におれんさんを見つけ出さないといけないんですよ。わかってます？」

　霖五郎と才右衛門は首をすくめた。

　直之介が、腰に差した刀の柄《つか》に袋をかぶせながら、表に出てきた。

「この天気ですから、日暮れ前から薄暗くなってしまいますよ。もしも、おれんさんとやらがこのあたりに来ているのなら、道に迷っているかもしれない。どうにもならず、寺や社《やしろ》のようなところで雨をしのいでいるかもしれない。手分けして聞き回りましょう」

寅吉が勢いよく手を挙げた。

「それじゃあ手前は、古着屋の並びや蕎麦《そば》の屋台、それから、大きなお屋敷の中間長屋《ちゅうげんながや》を当たりやす。ちょいと柄の悪いところもあるんで、お金を持ってそうな格好の皆さんは来ちゃいけませんぜ」

武家らしい身なりをした面々と、芦名屋の屋号の入ったお仕着せの新吉、いかにも毛並みのよさそうな霖五郎を、ぐるりと見やって寅吉は言う。

吾平が藍染《あいぞ》めの小袖《こそで》を尻《しり》っ端《ぱしょ》折りにしながら名乗り出た。

「手前は寅吉さんと一緒に行きますわ。下男根性の染みついた手前は、お金なんぞ持ってそうに見えへんでしょう」

「おお、助かりやす！　いやぁ、本所の中でも柄の悪いあたりは、おっかねえんでさあ。逢魔《おうま》が時《とき》にゃ妖怪《ようかい》も出るってんで」

寅吉は大げさに喜んで吾平に飛びついた。が、ぐずぐずと油を売ったりはせず、うなずき合って、ぱっと駆けだす。

二人を目の端で見送りながら、直之介が音頭を取った。

「私は回向院《えこういん》をひととおり捜してきましょう。目が悪いので、霖五郎さん、一緒に来てください。将太さんは近所の筆子の家へ行って、白い着物の娘を見た者がいないか、尋ねてきてください。それから理世さん、榛稲荷《はんのきいなり》には行ったことがありますか？」

浅原家や矢島家の屋敷のすぐ北に、榛馬場という弓馬《きゆうば》の稽古場がある。そのそばにあるのが榛稲荷で、武術の上達を祈願する武士の参詣《さんけい》が多い。

理世は勢い込んでうなずいた。

「榛稲荷でしたら、よくお参りに行きます。わたし、榛稲荷のほうを捜してきますね。神主さんや門前のお茶屋さんにもお尋ねしてきます」

着物の裾を腰紐《こしひも》で端折り、足捌《あしさば》きをよくすると、理世はすぐさま門に向かって歩きだした。と、すかさず新吉がついてきた。

「おなごを一人で行かせるわけにはいきません。手前が同行します」

理世は新吉を振り向いた。その後ろで、李之丞が何か言いたげな顔をしているのが見えた。気づかなかったふりをした。

「では、よろしくお願いしますね、新吉さん」

駆け足で去る理世の背中に、将太と李之丞が近所を回り、才右衛門が留守番をする、と役割を相談する声が聞こえてきた。

榛稲荷での聞き込みは、四半刻《しはんとき》（約三十分）もかからずに終わってしまった。稲荷も馬場も閑散《かんさん》としていた。殊に馬場のほうでは、霧雨が降り始めたところで、馬具や弓具が傷むのを心配して、皆一斉に稽古を切り上げたという。

「白い着物の若い娘？　見ておらぬな。そんな幽霊のような姿の娘御がおれば、騒ぎになったろうて」

朝からずっと馬場にいたという矍鑠《かくしやく》とした老武士は、稲荷のそばの茶屋でそう言った。

浅原家への帰り道で、新吉の草履《ぞうり》の鼻緒がいきなり切れた。つんのめって転んだ新吉は、少しの間、呆然《ぼうぜん》とした顔で座り込んだままだった。

「大丈夫？　どこかが痛むの？」

理世は手ぬぐいを裂《さ》いて、鼻緒の代わりに結んでやった。こういうのは得意なのだ。

「新吉さん、歩けますか？」

「……平気です。ありがとうございます」

ようやくそう答えて立ち上がったものの、新吉は青ざめて黙り込んでいる。理世は新吉の袖口を引っ張って、浅原家の屋敷に連れ戻した。

話を聞いた矢島家の嫁の千紘《ちひろ》が、乾いた手ぬぐいをたくさん持ってきてくれていた。

「理世さん、お帰りなさい。すっかり濡れてしまったわね。ちゃんと拭いてちょうだい。体を冷やしたら、風邪《かぜ》をひいてしまうわ」

「ありがとうございます。わたしより新吉さんのほうを。もし着替えがあるようなら、出してあげてもらえませんか？」

「すぐに持ってくるわ」

そうこうするうちに直之介と霖五郎、続いて将太と杢之丞も戻ってきたが、顔つきが暗い。おれんの手掛かりはつかめなかったのだ。

千紘は、調子のよいことを言う才右衛門を上手にこき使って温かい茶を淹れさせた。羊羹を切って皆に振る舞う。

乾いた小袖に着替えた新吉は、茶も羊羹も目に入らない様子で、畳の縁《へり》をじっと睨《にら》んでいた。胡坐《あぐら》の膝をきつくつかんだ手は、節のところが白く浮き出ている。転んだときにすりむいたらしく、はだしのくるぶしに真新しい傷がある。

「どこに行っちまったんだ……」

食《く》い縛《しば》った歯の間から絞り出すように、新吉は呻《うめ》いた。

理世は、新吉が哀れでならなかった。むろん、おれんの行方が知れないことも、背筋がざわざわするかのように不安が募《つの》る。しかし、理世の目の前にいるのは、打ちひしがれた新吉だ。

「あまり思い詰めないでください。暗くなるまで、まだいくらか時がありますし」

新吉は、いやいやをするように頭を振った。

「一人にしちゃ駄目《だめ》なんですよ。おれんお嬢さんは、悩み事や心配事が積み重なってくると、自分を保てなくなる。わけがわからなくなって、自分を傷つけちまう」

「わたしも、剃刀の傷を見たことがあります」

「剃刀を取り上げても、簪《かんざし》であちこちひっかくんだ。簪を取り上げても、今度は爪で。飲めもしない酒を呷《あお》ったことも、一包ずつ分けておいた薬を一気に飲んじまったことも、薄着にはだしで雪の中に座り込んでいたことも……」

新吉は膝を抱え、頭を抱えた。震える声で続ける。

「お嬢さんがいちばん苦しんでいた頃は、いっときも目を離せなかった。縛り上げておくしかねえと、旦那さまが泣いておられたくらいだ。あの頃よりは少しよくなったかと思えば、また急にいなくなる。もう、どうすりゃいいんだ……」

理世は嘆息した。

「こんなに心配してくれる人がそばにいるのに、おれんさんは何も感じないのかしら？　自分が苦しみを抱えているからといって、他人を苦しめていい理由にはならないでしょう」

意地が悪いことを言っているかもしれない、と思いつつも、言葉にせずにいられなかった。

千紘が将太に問うた。

「将太さん、心当たりはないの？　一緒に出掛けたりもしていたでしょう。ほかにどこか足を運びそうなところは？」

「ほかにと言われても……新吉さん、あの書付をもう一度、見せてもらえるか？」

新吉は懐から紙片《しへん》を取り出した。濡れてくしゃくしゃになっているのを、将太が丁寧に広げる。

皆でのぞき込もうとしたとき、寅吉と吾平が戻ってきた。

「駄目でした。誰も見てねえって」

雨が強くなってきたようで、二人とも濡れそぼっている。

杢之丞が、将太の傍らで書付をのぞき込んでいたのだが、ああ、と嘆息するような声を漏らした。

「ひょっとすると……」

「どうしました？」

顔を上げた杢之丞は、思いがけず強いまなざしで理世を見つめ、それから、将太と新吉に言った。

「将太どの、新吉どの、私の考えを聞いてください。おれんどのは、堀切村《ほりきりむら》の菖聖苑《しょうせいえん》にいるのではないでしょうか？　新吉どのの書付には挙がっていませんが」

新吉は怪訝《けげん》そうに眉をひそめた。

「今まで何度か家出騒動がありましたが、馴染みのあるところにしか行ってませんでしたよ。ほら、前の家出は、大平さまの屋敷だったでしょう。丞庵先生や臣次郎先生に診てもらっていましたから。でも、菖聖苑はそうじゃないんです」

菖聖苑は花菖蒲《はなしょうぶ》の名所だ。料理茶屋としては年中開いているが、堀切村は遠い。おれんも、幼い頃を含めれば三度か四度、花菖蒲の頃に来たことがあるだけ、と言っていた。それは理世も覚えている。

李之丞は訥々《とつとつ》とした調子で反論した。

「新吉どのにとって失礼な言い方になるやもしれぬが、己の身に置き替えてみたときに、捜しに来てほしい相手は誰か、と考えました。私の場合、行きそうな場所を最もよく知っているのは兄でしょう」

「そりゃあそうだ。この書付みたいに、一から三十くらいまでなら、すらすらと書き出すことができるよ」

口を挟んだ才右衛門に、李之丞はうなずいて続けた。

「幼い頃、最も甘えやすい相手は兄でした。ですが、私ももう子供ではない。捜しに来てほしい相手は、兄ではないのです。だから、姿を隠すなら、兄の知らないところを選びます。理世どの、そらいろ屋という店の名を覚えておいでですか？」

理世はこくりとうなずいた。

「ええ。そらいろ屋は、ビードロの鉢やお皿を作っているお店ですよね。クロのための深鉢をそこで買ってくださった。内神田の、確か連雀町でしたっけ」

「そう、連雀町です。そらいろ屋は、連雀町の通りに面したところに工房を構えており、小さな看板を掲げているのです」

才右衛門が目を見張っている。

「その店のことは知らない」

「同じ役所勤めの友が教えてくれた。手習い時代からの仲で、勤めの上では先達に当たるが、気の置けない相手なんだ。何かと世話を焼いてくれようとする」

「なるほどね。いつの間にか、かわいい弟は私のもとから離れていっていたわけだねえ」

才右衛門の慨嘆《がいたん》にはかまわず、李之丞は新吉に告げた。

「おれんどのは、新吉どのには思いつかないが、将太どのならぴんとくるような場所にいる。もしそうだとするなら、皆の前で勝負を決めるために赴《おもむ》いた、あの菖蒲園ではないかと思いました。私なら、あの場所を選ぶでしょう」

新吉は、虚《きょ》を衝《つ》かれたような顔をしていたが、やがて苦しそうに呻いた。

「……そのとおりだと思います……」

それだけ言うのがやっとだった。背中を丸めてうつむいてしまう。才右衛門が肩を抱いてなぐさめてやるのにも、もはや応じない。

将太も頭を抱えて賛同した。

「そうだ、杢之丞さんの言うとおりだ。両国橋のたもとから舟に乗ったとすると、岸からは姿がよく見えなくなる。屋根舟《やねぶね》だったり傘を差していたりすれば、なおさらだ。白い着物姿を誰も見かけていないのも道理だ」

新吉がぶつぶつと言った。

「今すぐ、堀切村に行かないと……」

だが、うつむけていた顔を上げただけで、ふらりと体が傾いた。才右衛門がすかさず支える。

「駄目だよ。体が冷えすぎているね。このままじゃ動けない。飲まず食わずで走り回っていたんでしょう。いけないよ」

支えるというよりも抱きしめるようにして、才右衛門は新吉を座らせた。新吉はもがくが、曲がりなりにも武士である才右衛門の体の使い方には、到底かなわない。

杢之丞が立ち上がった。

「私が言いだしたことですから、私が堀切村まで行きます」

「俺も行きます！　俺こそが行かなきゃいけない。堀切村の菖蒲のことは、俺が真っ先に思いつかないといけなかったのに、こういう急場にはまったく頭が働かなくなる。俺は本当に駄目だな」

将太は、拳《こぶし》で己のふとももを打ちつけてから、勢いよく立ち上がった。

堀切村の菖聖苑のあたりまで、一里半ほどの道のりになるだろう。直之介が出してきた切絵図《きりえず》で道を確かめ、将太と杢之丞はうなずき合って出ていった。

新吉は、千紘が作ってくれた甘い生姜湯《しょうがゆ》を飲み、握り飯を二つ平らげると、気を失うように眠ってしまった。

直之介が布団を出してきた。寅吉と吾平が「せーの」と力を合わせ、新吉を布団に運ぶ。吾平が眉をひそめた。

「確かに体がずいぶん冷えてはりますなあ。生姜湯で内側から温まってくれるとは思いますけれど」

「直先生、夜着《よぎ》もお借りできますかい?」

「かまいませんよ。かびなど生えていないとは思いますが」

理世は唇を尖《とが》らせた。

「生えていません。わたしと寅吉さんと吾平さんでお掃除していますし、ちゃんとお布団や夜着も虫干ししました。こんなに短い間に夜着にかびが生えるとしたら、かびの親玉は直先生に違いないんですから」

「おや、理世さんは相変わらず鋭いことを言う。独り身の武士を放し飼いにしていたら、遅かれ早かれ、かびと埃《ほこり》とごみの親玉に成り上がってしまうものですからね」

飄々としてとぼけてみせるので、千紘と才右衛門が噴き出す。寅吉と吾平は理世と顔を見合わせ、やれやれと肩をすくめた。

理世は外に目を向けた。もはや霧雨ではない。しとしとと降る雨は、だんだんと強くなってきているようだ。

「心配だわ」

将太のことが心配だ。

自分を罰《ばっ》するために、自分の脚を殴りつけていた。おれんを無事に見つけたとして、その顔が晴れるとは、あまり思えない。

「でも、わたしの出る幕でもない」

霖五郎と才右衛門がようやく、実は先日、深川《ふかがわ》で一緒に酒を飲んだのだ、という話を始めた。霖五郎の語る、自由闊達《じゆうかったつ》な学問塾を開きたいという話に、才右衛門も大いに賛同したらしい。

「しかし、あの夜の席は楽しかったなあ。二人とも男前なものだから、芸者たちが放っておいてくれなくてね」

才右衛門がしゃあしゃあと言ってのける。

すぐ近くで騒いでいるのに、新吉は目を覚ます気配もない。やはり疲れ切っていたのだろう。

眠っている新吉は、ひどくあどけないように見えた。歳は、おれんと同じ十七だという。理世より年下なのだ。とてもそんなふうに見えないのは、きっと、日頃よほど気を張っているからだ。

いろんな人の想いが、めちゃくちゃに絡《から》み合っている。

理世はたまらない気持ちになって、座を立った。

「兄たちか父が屋敷に帰ってきているかもしれません。新吉さんの体が心配なので、ちょっと、知らせてきますね」

誰の返事も聞かず、さっさと勝手口に向かう。

吾平が、お供します、と慌てて追ってきた。

四

将太は雨の中を走った。

李之丞はかなり足腰が強いらしい。将太のすぐ後ろを、さほど息を上げもせずについてくる。体を縦にも横にも揺らすことなく、滑るように走るのだ。

将太のほうが余裕を欠いていた。気持ちが急いてしまうせいで、妙に息が苦しい。道場では、疲れ知らずの将太と呆れられるほどなのに、今日は体が重い。

二人の足では、堀切村まで半刻《はんとき》（約一時間）もかからなかった。

綾瀬川《あやせがわ》沿いである。先月訪れたときに舟を降りたあたりで、笠と蓑《みの》をかぶった船頭と会った。舟をしまうところだったようだ。

「このあたりで、白い着物の娘を見ませんでしたか？」

息せき切って将太が問うと、若い船頭は目を丸くしながら答えた。

「船頭仲間の爺さんが、昼頃に乗せたって言ってましたよ。芦名屋のお嬢さんでしょう？」

将太と李之丞は顔を見合わせた。安堵《あんど》で膝が笑いだす。将太は膝に手をついて体を支え、座り込んでしまいそうなのをどうにか耐えた。

「本当にここだった。堀切村で合ってたんだ。ひょっとして船頭さん、先月の？　芦名屋の一行と俺と妹が世話になったんですが」

「ああ、やっぱり。そうです、あの日は手前が舟を操っておりやした。爺さんの話じゃあ、お嬢さんは菖聖苑で誰かと落ち合うとか、そんなことを言ってたみたいですが……あの、何かあったんですかい？」

　杢之丞が船頭に申し出た。

「芦名屋のお嬢さんを連れて帰らねばならぬので、帰りの舟を出してもらいたいのだが、頼めるでしょうか？」

「ああ、ええと……」

「雨が降っているし、まもなく暗くなる。手間を取らせるぶんは、多めに支払います。これだけあれば十分でしょう？」

　船頭に銀の粒を握らせる。船頭は目を丸くすると、満面に笑みを浮かべた。

「舟の支度をしておきやすんで。お嬢さんが濡れねえよう、屋根のついた舟にしやすよ」

「よろしく頼みます」

　杢之丞は船頭に告げ、将太を促して菖聖苑のほうへ歩を進める。将太は杢之丞に謝《あやま》った。

「申し訳ない。今、俺は銭を持っていなくて」

「私もでしたよ。出掛ける間際に兄が持たせてくれたんです。誰かに何か頼みたいことが出来《しゅったい》したら、これを渡せばいい、と。私は金勘定にまったく疎《うと》いので、こういうことは兄頼みです」

ほう、と将太は嘆息した。

「頼もしい兄上だ。俺には到底、真似できない。守ってやらねばと思うことも多いというのに」

「理世どののことですか？」

「はい。故郷を離れ、町人の暮らしを捨て、江戸の武家の娘として一から歩んできたんです。つらいと感じることもあったはずですが、理世はとても気丈で、俺のほうが助けられてばかり。兄として情けない限りです」

将太どの、と李之丞が硬い声で呼んだ。将太は足を止め、李之丞を振り向いた。李之丞は、まっすぐに将太を見据えている。

「非力ながら、私も、理世どのをお守りしたく思っています。守ると申しても、一体、私に何ができるのか。一つには、理世どのに対して嘘偽りなく誠実であること、だと考えております。私は、理世どのに選んでいただける男になりたい」

それがただの宣戦布告であるならば、どれだけ気楽だろうか。一人の女をめぐる恋敵同士なのだと、互いに打ち明けられるのならば。

だが、李之丞は何も知らない。将太が理世に一目で心を奪われ、いまだその恋に囚《とら》われたままであることを、きっと、わずかなりとも思い描いたことすらないのだ。

さもありなん、兄から妹への色恋の情があるなどと、誰が考えるだろう？

李之丞はこんなにも正々堂々としてまじめな男だ。理世の血筋を知った上でもなお、縁談を進めたいと考えてくれている。理世を守りたいと言ってくれている。

将太は、きりきりと痛む胸の前で拳を握った。爪が手のひらに刺さるが、かまわず握りしめ、咆哮《ほうこう》したいくらいの激情を握り潰した。

そして微笑んでみせた。

「兄として、妹を想ってくれていることに礼を言う。友として、李之丞さんの想いが成就《じょうじゅ》することを願っている」

「ありがとう」

李之丞は折り目正しく頭を下げた。薄暗がりでなければ、顔が赤くなっているのもわかったかもしれない。照れくさそうに目をそらして、行きましょう、と将太を促した。

花菖蒲の季節を過ぎた菖聖苑は、池の多い庭を見物客のために開け放っているらしい。

料理茶屋の店じまいをする女中をつかまえ、おれんが来ているはずだと告げると大いに驚いていたが、どうぞ中へと入れてくれた。

広い庭は白い雨に霞んで、端のほうまで見通すことができない。

だが、将太の目指すべきところは、初めからわかっている。

おれんに想いを告げられた、桜の大木の下だ。

雨のそぼ降る逢魔が時の暗がりにあっても、近づいていけば、真っ白な着物ははっきりと見分けられた。おれんである。濡れた地面に座り、桜の幹にもたれかかっている。白い傘は開いたまま、放り捨てられている。

将太は駆け寄った。

ぐったりとしているように見えたが、将太の足音を聞きつけると、おれんはゆっくりと身を起こした。

「来てくれると思ってた。将さんだけはきっとわかってくれるって」

紅色の唇が、にっと笑う。化粧など邪魔だ。顔色を見極めるためには、唇やまぶたの色を確かめたいのに。

将太はうなだれた。

「俺ではない」

桜の大木の青々と茂った葉は、雨粒を弾いて音を鳴らす。将太の声は、おれんに届かなかったらしい。折れそうに細い首をかしげる。

この場所に気づいたのは、俺ではない。

そう告げようとした将太の背中を、杢之丞がそっと叩いた。ちらりと見やると、かぶりを振っている。黙っていろということか。

杢之丞が再び、今度は強く、将太の背中を叩いた。いや、どんと押して、おれんのほうへ近づけた。

何をすべきなのか、将太にもわかっていた。おれんに手を差し伸べる。

「帰ろう」

おれんは静かに微笑んで、将太の手を取った。おれんの骨張った手は、ひどく冷たかった。

五

あれだけの大騒ぎを起こしたにもかかわらず、拍子抜《ひょうしぬ》けするほどあっさりと、おれんは家に戻った。

芦名屋に送り届けたとき、あたりはすでに真っ暗だった。おれんの両親も芦名屋の女中たちも浮き足立っていたが、おれんの姿を見るなり、崩れ落ちるようにしてへたり込んでしまった。

おれんは黙っていた。帰りの舟の中でも、芦名屋に着いてからも、将太の問いにさえ答えなかった。

「なぜ家出などしたんだ？　俺を試したかったのか？　あのまま真っ暗になったら、大変なことになっていた。手も目も届かないところにいたのでは、俺もどうしようもないんだぞ」

まるで筆子がつむじを曲げて、家に帰るもんかと意地を張っているときのようだ。頑固《がんこ》なだんまりを決め込まれては、こちらが途方に暮れてしまう。情けないところを見せるわけにもいかず、根気強く呼びかけているうちに、何だか心が削られていく。

怒りは湧かない。苛立《いらだ》ちもしない。将太のそういうところが不思議だと、剣の師匠の矢島龍治《りゅうじ》や、ともに手習いの師匠を務める千紘には言われるのだが。

「俺は、怒ってなんかいない。わけを教えてほしいだけなんだ。おれんさん、どうして一人であんな場所にいたんだ?」

将太は、ただ消沈《しょうちん》してしまう。助けを求めているはずの人が目の前にいるのに、相手のことを何ひとつわかってやれない。そんな自分が情けなくてたまらなくなる。

理世のことを想っていた。

目の前にいるのはおれんなのに。なぜ心の内を明かしてくれないのかと、おれんの顔を隠す白い頭巾を見下ろして問うているところなのに。

将太は、どうしても理世のことを想わずにいられなかった。

日記を書いてくれなくなった理世。おれんに向き合うようにと背中を押してくれた理世。母親の誇りを傷つけられ、冷たいまなざしにさらされながらも、一人で耐えて立ち続けていた理世。

「何を思っているのか、ちゃんと言葉にして聞かせてほしい。そうでないと、俺にはわからないんだ。頼むから、もうこんなことはよしてほしい」

砂を噛《か》むような心地だ。

おれんは頭巾の下から将太を射抜く目をした。見透かされているのだろうか。おれんのことを、手間のかかる筆子のようだと思ってしまったこと。おれんに言葉を掛けながら、理世の姿ばかり追い求めていること。

だが、おれんは何も言わなかった。将太を責めることなく、じっと黙っていた。

おれんの両親が「まことにありがとうございました。今日のところはもうお引き取りください」と申し訳なさそうに言ったので、将太と李之丞は芦名屋を辞した。

帰り道、李之丞がいてくれるのは心強かった。何をしゃべるでもなかったが、沈黙もまた心地よかった。

理世と吾平、千紘が皆を気遣って、大平家と矢島家から夕餉《ゆうげ》を重箱に詰めて浅原家に持ち寄っていた。将太と李之丞が戻り、おれんが堀切村にいたことと、すでに芦名屋に送り届けたことを知らせた。そんな話をしていたところで、ちょうど新吉も目を覚ましたので、皆で夕餉を食べることになった。

もっとも、新吉は急いで食事を掻《か》き込むと、芦名屋へ飛んで帰っていったのだが。

「体を冷やしてしまって、調子が悪いはずよ。明日は熱が出るかもしれないと、父上さまがおっしゃっていたわ。おれんさんも困ったものよね。こんなにも皆に心配をかけたこと、ちゃんとわかっているのかしら？」

理世が新吉を見送りながら、そんなことを言っていた。将太たちが堀切村に行っている間に、屋敷に戻ったばかりの父、大平邦斎《ほうさい》を連れてきて、新吉の体を診てもらったという。

つまり、父にも今日のおれんの一件を知られているわけだ。

「まいったな……」

将太は思わずつぶやいた。

翌朝、将太はいつものことで、薄暗いうちに目を覚まして身支度を整えた。矢島家へ朝稽古に向かうのだ。晴れていれば庭で汗を流すのだが、今日もまたぐずついた空模様だ。道場での稽古となるだろう。

ところが、屋敷を出る前に呼び止められた。

「将太、話がある」

びくりとして固まってしまう。

部屋の外で待ち構えていたのは、父の邦斎だった。

邦斎は将太に背を向け、自分の書斎のほうへ歩いていく。

綱をつけて引っ張られたわけでもないのに、将太は抗《あらが》えなかった。五十を越えた歳《とし》のわりにがっしりとした邦斎の背中を見ながら、将太は父の書斎についていった。

差し向かいで座る。

だが、目を合わせることができない。将太はうつむいた。体に力が入ってしまい、身動きがとれない。

邦斎が口火を切った。

「昨夜は大変だったようだな。儂《わし》のもとにも、芦名屋から幾度か知らせが届いておった。おまえがついにお嬢さんを見つけ出し、店まで送ったことに、芦名屋は感謝しておったぞ。儂もおまえの口から顚末《てんまつ》を聞きたかったが、なぜ何も知らせに来なかった？」

寡黙《かもく》な邦斎にしては珍しく、ひと息に早口で言い切った。

「昨夜《ゆうべ》は遅くなってしまったので……何もお伝えせず、申し訳ありません」

「おまえがいない間、理世があれこれと心を砕《くだ》いておった。芦名屋とのつなぎをつけたり、探索に関わった者たちをねぎらったり、新吉どのを看病したりと、儂や君恵《きみえ》が差し出口を挟むまでもなく、よく動いておった」

「り、理世が？」

思わず顔を上げた。邦斎がじっと将太を見据えていた。

「おまえは、芦名屋のお嬢さんと、これからどうするつもりなのだ？」

「どう、とは……」

「芦名屋はお嬢さんが跡取りの婿《むこ》を迎えることになっておったそうだ。しかし、病みがちな心身を抱えては、あの大店を背負うに心許《こころもと》ない。お嬢さんの従弟《いとこ》に継がせることも、芦名屋では考えているらしいが」

将太もうっすらと聞いている。おれんと親しく付き合うにあたって、婿に入らねばと重荷に思うことはないのだ、と。

新吉がおれんの婿になったかもしれない、という話もそのとき小耳に挟んだ。おれんが女主《おんなあるじ》として芦名屋の柱になれるのであれば、店の切り盛りは、叩き上げの新吉が担《にな》えばよい、と。

おれんの想い、新吉の想い、そして将太自身の想い。うまく嚙み合わないいま、ただ時だけが過ぎようとしている。

このままではいけない。だが、まだ何も考えられない。

ただ沈黙する将太に、邦斎はさらなる問いを投げかけてくる。

「おまえには、成したいことがあるのではなかったか？　芦名屋の婿に迎えられ、それが成せるのか？　おまえは何を望んでおる？」

父はやはり言葉足らずだ。ずば抜けて頭がよく、一足飛《いっそくと》びに真実にたどり着けるせいだろう。

だが、俺はそうではないのだ、と将太は思う。

何を望んでいるのか。そんな大きな問いにいきなり答えられるような、先のことを見通す目など持っていない。

ふと。

「父上、よろしいでしょうか」

書斎の外から声が掛かった。丞庵か臣次郎だが、どちらなのか、とっさに判別できなかった。

果たして、障子を開けたのは、次兄の臣次郎のほうだった。人に聞かれるのをはばかって声をひそめていると、兄たちの声音は本当にそっくりだ。

「何事か」

「間宮林蔵《まみやりんぞう》さまがいらっしゃいました。何でも、急ぎのご用件だとかで」

邦斎は眉間《みけん》の皺《しわ》を深くし、素早く立ち上がった。将太のほうを向かず、一言。

「将太よ、おまえが己自身の言葉で答えを出すまで、幾度でも問うぞ」

「問うというのは……」

「おまえが何を望んでおるのかだ」

邦斎は書斎から急ぎ足で去っていった。

ようやく将太は息ができるようになった。顔を上げると、腕組みをした臣次郎が将太のほうを見ていた。

「昨日は大変だったらしいが、顔色は悪くないな。眠れたか？」

「ああ、まあ」

「あのお嬢さんが相手じゃ、肝《きも》を冷やしてばっかりだろ。実はな、父上も昨日はさんざん気を揉《も》んでおられたんだぞ。お嬢さんの家出はおまえとの間に揉め事が起こったせいじゃないかとか、このまま二人ともいなくなったらどうしようかとか、何から何まで心配していた。理世がなだめてくれていたがな。将太、おまえも、無理なら無理とはっきり言えよ」

「無理、というのは？」

「あのお嬢さんのお守《も》りだよ。一人で背負えるもんじゃないだろう。特に、おまえのように不器用な男には、あのお嬢さんは手強《てごわ》すぎる」

将太はゆるゆるとかぶりを振った。臣次郎がおれんをこき下ろすのを聞いていたくなかった。

「今は、まだそんなふうには考えない」

「そうかい」

「……父上は、お忙しいな」

無理に話を変えた。臣次郎は気にせず応じた。

「今おいでになっている間宮さまは、表向きは普請役《ふしんやく》を務めておいでだが、もとは蝦夷地《えぞち》の探索を一手に担っておられたお人だ。松前《まつまえ》の役所で同じく探索の任に就いていた若い武士のことで、ずっと心を痛めておいでな」

「その若い武士というのは、病を得てしまったのか？」

「いや、山で突然の吹雪《ふぶき》に遭《あ》って、凍ってしまった足の指を失ったらしい。以来、ありもしない指の痛みに苦しんでいる。勤めも続けられず、間宮さまが江戸に連れてきて養生させているそうだ」

「それで、父上のところに相談に来られているのか」

「蝦夷地探索の任となると、人にできない話も多いらしい。父上は気に入っていただいているみたいだな。俺も手伝いのためについていったから、失われた足の件、診察に立ち会わせてもらった。しかしなあ……」

「思うところがありそうだな」

まあな、と臣次郎はこぼした。

「蘭方《らんぽう》なら、どうなんだろうな。オランダ流医術だ。もともと西洋の医術では手足の切断の技もある。ならば、失った手足が痛むという幻への対処もあるかもしれない。そのへんのところを知りたいものだ」

将太は驚いた。

「大平家は漢方医術の家だ」

「知ってるさ。だから、俺は知らないんだ。オランダ流医術に、あの患者の痛みを除く術《すべ》があるのかどうか、見当もつかない。それがな、どうにも……」

歯がゆい。悔しい。じれったい。

どんな言葉が続くのか、わからなかった。臣次郎は頭を一つ振ると、大股で書斎を離れていってしまった。

「何を望んでおるのか」

父の言葉を反芻《はんすう》する。何でもできるように見える兄にも、人に言えない望みを抱えて悩むことがあるのだと、うっすら知ってしまった。

第二話　夜咲《よるざ》きの朝顔

一

「ああ、憂鬱《ゆううつ》だ。誰も俺にかまってくれない。ああ、まったくもって憂鬱だ」

暑苦しいことを言いながら、霖五郎が畳の上に転がっている。本所相生町《ほんじょあいおいちょう》三丁目にある、浅原直之介の屋敷の一室である。

理世の目には、霖五郎はさほど退屈しているようにも見えない。ごろごろしつつ『北方異聞録《ほっぽういぶんろく》』を目で追い続けているのだ。

霖五郎に限らず、将太や直之介、吾平といった、頭のいい人たちは、字を読むのが冗談のように速い。紙面に目を落としていたかと思うと、すぐに中身を読み取っているのだ。

「何度目なんですか、『北方異聞録』は」

「数えてないなあ。先月出た巻だけでも、ずいぶん読み返したからね。筆子たちのために声に出して読んでやったのも、何度あったことか。今回の巻は、絵がまたよくてなあ。ほら、この簫雪姫《しょうせつひめ》の美しさよ」

霖五郎は、お目当ての挿絵《さしえ》のところをぱっと開いてみせた。同じところを開いては延々と見ていた者がいたのだろう。すっかり癖《くせ》がついている。

事情を抱えた英雄一行が極寒の蝦夷地を旅しながら、鬼と成り果てた敵役《かたきやく》たちと死闘を繰り広げる、というのが『北方異聞録』の大まかな筋書きだ。

挿絵に描かれている簫雪姫というのは、敵役の一人だ。まやかしの術を使う鬼で、死に装束のような白い着物に身を包み、雪交じりの一陣の風をしもべのようにまとっている。

理世は挿絵から顔を背けた。

「霖五郎さんも簫雪姫贔屓《びいき》なんですか？」

「今回の巻で贔屓になった。将太が初めから贔屓にしていたのも道理だ。救ってやりたくなるよなあ、この娘は。こう、男心をくすぐるね」

ちくりと胸が痛む。簫雪姫は苦手だ。思い出したくない人を、嫌でも思い出してしまうから。

「はいはい、なるほどそうですか。男心だなんて、わたしにはよくわかりませんね。ごろごろしていないで、そこをどいてください」

「おっと」

霖五郎に十分かまってやれないのも、屋敷の掃除をしているためなのだ。

大量の書物の虫干しは先日終わった。その日にぴかぴかにしたはずなのに、またあっという間に雑然としてきたし、駆逐《くちく》したはずの埃も隅のほうにたまっている。

座敷に寝そべって書見を続ける霖五郎をあちらへ転がし、こちらへ引っ張り、縁側に追い払ったりしながら、理世は手を動かしていく。

直之介は書斎で頭を抱えている。読み込んでおかねばならない書物が、どうにも読みづらくてかなわないという。

内容が難しいのではない。件《くだん》の書物は写本なのだが、悪筆が過ぎて読みづらいのだ。霖五郎は一目見るなり、「うわあ」と呆れて匙《さじ》を投げた。

こういうときは、吾平の出番だ。不思議なことに、吾平は相当な悪筆も読めてしまう。本人はこざっぱりとして読みやすい字を書くにもかかわらずだ。直之介の寝間の片づけなどをしながら、みみずののたくったような字を読む助けもしている。

縁側に寝そべった霖五郎が片肘《かたひじ》をついて上体を斜めに起こした。

「なあ、理世さん。将太は今日、いつ帰ってくるんだ？　昼餉《ひるげ》だけなら、そろそろ戻ってきてもいい刻限じゃねえか。もう昼八つ（午後二時頃）だぜ」

理世は唇を尖らせた。

「もう、どうしてわたしがそんなこと知ってなきゃいけないんです？」

「兄妹だろ。俺より詳しいと思ってさ」

「詳しくありません。芦名屋さんの旦那さんやおかみさんとお昼をいただいてくるというのも、兄上さまからじゃなく、吾平さんから聞きました。いつ帰ってくるかなんて、まったく、ちっとも、知りませんから」

「つんつんしないどくれよ。機嫌が悪いなあ。掃除の邪魔ばっかりしてるのは謝るからさ。このとおりだ、申し訳ない」

霖五郎はちゃんと起き上がって頭を下げた。商家育ちだけあって、礼儀作法は実にきっちりしている。お辞儀が美しいのだ。

理世は気まずくなった。

「別にそういうことじゃありません。機嫌が悪いのは……確かにそうなんですけど」

うつむくと、真新しい薄物が目に入る。濃い青色の地に、白い絞り模様。一枚の反物《たんもの》の中で自然な濃淡がついているので、まるで片身替わりで仕立てたかのように、身頃《みごろ》の左右、袖の左右で色が違う。

とても気に入った着物だから、今朝《けさ》はうきうきして身につけたのに、いきなり不機嫌になってしまった。わけは単純だ。吾平から、将太が芦名屋の夫妻とともに出掛ける、と聞いたせいだった。

吾平は悪くない。将太も芦名屋も悪くない。自分でも、なぜこんなに気分の上がり下がりが激しいのか、わからなくて戸惑っている。

怒っているのか、と、今朝がた将太にも言われてしまった。理世が不機嫌に任せて投げつけるようにして、袂落としの小物入れを渡したせいだ。

袂落としは、本当は半月も前に出来上がっていた。おれんが行方知れずになって、皆で懸命に捜した頃には出来上がっていたのだが、渡せずにいた。おれんにどう思われるかと考えると、躊躇《ちゅうちょ》してしまった。

今朝になってようやく渡せたのは、昼餉におれんが同席しないと聞いたからだ。夏場は特に食が細くなるおれんを、両親ですら料理茶屋に連れ出せないらしい。

ちゃんとした料理茶屋に招かれているというのに、将太は相変わらずぼろぼろの袂落としを使い続けていた。理世はそれを口実に、朝稽古から着替えに戻ってきた将太をつかまえた。

「だらしない格好ではいけませんって、わたし、将太兄上さまに何度も言いましたよね？　世話の焼けるままでは駄目でしょう？」

もっと優しい言い方が、なぜできなかったのだろう？　頭に血が上ったようになって、自分の舵取《かじと》りの仕方を見失っていた。叩きつけるように言ってしまってから、戸惑う気配が頭の上に降ってきて、はっとした。

「ごめん、理世。手間を掛けさせてばかりだな。俺は、情けない兄だ」

「べ、別に……」

口が回らなくなってしまった。いらいらしている。将太がおれんにかまけてばかりだからだ。それに、おれんが将太に贈った錦《にしき》の財布《さいふ》に比べたら、理世が手作りした袂落としなど、どうやったって見劣りがするから。

自分でも、自分のことがわからない。将太に嫌われたくないのに、かわいげのない振る舞いをしてしまう。

そんな気持ちを、将太が察してくれるはずもない。いや、そもそも知られてはならない感情だ。

「とにかく、渡しましたからね。身のまわりのものは、ちゃんとしてください」

理世はいつの間にか、きびすを返していた。

すまん、と将太が謝るのを背中に聞いた。いかにも哀れっぽい声だった。耳をふさぎたくなった。違うと言って飛んでいって、すがりつきたい。

いつだって心が二つに割れている。

掃除の手を止めたまま、理世はぼんやりしていたらしい。

書斎でとうとう直之介が笑いだした。その声に、理世は、はっと我に返った。

「これは駄目だ。日《ひ》の本《もと》の言葉で書いてあるはずなのに、到底読めませんねえ。世の中、上には上がいるものだ。大急ぎで書き留めた走り書きは、自分でも読むのに苦労するものですが、こんなに歯が立たない字があるとは」

読みかけの本を投げ出して、直之介は行儀悪く畳の上にひっくり返る。吾平が丁寧な手つきで、読みかけのところに紙片を挟んで本を閉じた。

「直先生、ひと休みしはるなら、お茶をお淹れしましょうか」

「そうですね。あと四半刻（約三十分）もすれば、筆子たちが押しかけてくるでしょう。その前に一服、いただきましょうか」

「へえ、筆子さんらのおやつの支度も、そろそろしとかなあきまへんな」

吾平はいそいそと台所に向かった。

直之介は、よいしょと身を起こし、座敷に出てきた。霖五郎が嬉々《きき》として『北方異聞録』の挿絵のところを開いて掲げてみせた。

「なあ、直先生はこの娘のよさがわかるだろう？　こたびは、この挿絵もすげえんだよなあ。肌を見せてるわけでもないのに、何だろうなあ、この色気は」

「確かに、挿絵にしておくのがもったいないくらいの出来ですね。軸《じく》に仕立てて飾っておきたいくらいですよ。むろん、ほかの挿絵にも言えることですが」

「いやあ、それにしたって、この絵は特に筆が乗ってるだろ。絵師の節木《せつき》四六《しろく》も簫雪姫贔屓なんじゃないか？　いいよなあ、この妖しげな白装束。折れそうに細い手首も儚《はかな》くて色っぽい。文で表されて頭に思い描いていたとおりの姿だ」

直之介が面映《おもは》ゆそうに口元をもぞもぞさせている。霖五郎は挿絵に夢中で、直之介の様子に気づいていない。

実は、直之介こそが『北方異聞録』の作者なのだ。今回の簫雪姫のくだりは会心の出来なのだろう。それに加えて、筆が乗っていると評される出来の挿絵である。満足げな顔を隠しきれていない。

直先生は戯作者《げさくしゃ》であることを秘密にしておきたいくせに、どうにも詰めの甘いところがある、と理世は思う。理世と吾平と寅吉は、初めてこの屋敷の掃除をした折に偶然、その秘密を知ってしまった。恥ずかしいから誰にも言わないでほしい、と直之介には頼まれている。おしゃべりな霖五郎には、特に知られたくないようだ。

理世は嘆息した。

「わたしは、敵役よりも味方の武者の活躍が見たいわ」

「おや、敵役贔屓の理世さんらしくないのではありませんか？」

直之介がちょっと不思議そうに言う。理世はむっとした。

「敵役贔屓はお芝居《しばい》だけです。だって、お芝居の敵役は、花形の若い人よりも円熟した役者がやるでしょう？　だから迫力と色気がある。わたしはそこが好きなだけです」

「なるほど」

「それに、わたし、篇雪姫は苦手なんです。力を持っている上に、いつもそばで守ってくれる人もいる。根城もすごいお屋敷だし、お金持ちでしょう。それなのに、宿り木《やどりぎ》みたいに誰かにすがっていないと、ただ立つこともできないなんて」

絵空事《えそらごと》の物語に描かれた鬼娘が、理世を悩ませる人の姿と重なり合って見える。

偶然に過ぎない。だが、あまりにも似ている。霖五郎は、男心をくすぐると言った。救ってやりたくなるとも言った。

そしてまた、霖五郎が反論してくる。

「姫は何でも持っているように見えて、真に大切に思えるものがないのさ。ありあまるほどの力を手にしても、寂しさを埋めてくれやしない。そのむなしさをぶつけられ、すがりつかれたら、男は突き放せまいよ。俺がいなけりゃ駄目なんだ、と思わされちまう」

おれんは、男の目にはそんなふうに映るのかもしれない。特に将太は、困っている人、苦しんでいる人がいたら放っておけないたちだ。

茶を淹れてきた吾平が、気遣わしげに理世を見やった。

吾平はどこまで察しているのだろうか。京の人は本音を隠すのがうまいという。正直者の吾平は、京生まれの京育ちにはとても見えないなどとよく言われているが、どうだろうか。察していながら何も言わない。そういう振る舞いには長《た》けている。

直之介も、理世の苛立ちのわけに何となく勘づいているのかもしれない。少なくとも、理世が簫雪姫の話題を好まないことはわかっているらしい。ごまかすような咳払いをした。

「まあ、霖五郎さんや将太さんに限らず、簫雪姫贔屓の声、見せ場を望む声もそれなりにあるようですから、そういう声を汲《く》んだ筋立てにするのも一つの策と言えますし、敵役にも見せ場があればこそ、いずれ訪れる決戦が引き立つというものですよ」

霖五郎が勢いよく身を起こした。

「今の言い方！　直先生、やっぱり華氏原三二《かしはらさんじ》の知り合いなんだろう？　ひょっとして、同じ版元の伝手《つて》で仲良くなったのか？　直先生も書き物の仕事をしてるもんな」

直之介は一瞬、しまった、という顔をした。幸いなことに霖五郎はその顔を見なかったようだが。

ごまかさなければ。理世と吾平は目配せをした。

だが、まさにそのときだ。

「頼もう！　こちらに山崎屋《やまざきや》の霖五郎どのはおられるか？」

木戸門のところから、浪人らしき風体《ふうてい》の男が姿を現した。髭《ひげ》を蓄《たくわ》えているせいで年頃は読みづらいが、目元の感じを見るに、直之介と同じくらいの三十代半ばといったところだろうか。

おお、と霖五郎が顔を輝かせた。

「仁兵衛《にへえ》さん！　よくここがわかったな」

「うむ。ちと邪魔してよいか？」

髭面に笑みをたたえた浪人に、直之介は「どうぞ」と告げた。

二

霖五郎が皆に浪人の紹介をした。

「こちらは坂田《さかた》仁兵衛さん。根津権現《ねづごんげん》を見物しようと出掛けたところ、道に迷っちまって、たどり着いたのが仁兵衛さんの屋敷だった。庭に鉢植えの蔓草《つるくさ》がずらっと並べてあって、鉢に番号がふってあるんだ。こいつは何かと興味を持って、話を聞いてみたのさ」

霖五郎は出掛ける先々で友達をつくってしまう。こたびもまた、屈託《くったく》なく屋敷に飛び込んでいき、仁兵衛と言葉を交わすうちに酒まで酌《く》み交《か》わすことになったらしかった。

仁兵衛は、吾平が淹れた茶をうまそうにすすった。

「儂は見てのとおり浪人だが、朝顔で飯を食っておるのだ。物心つくかどうかの頃から、なぜだか朝顔の花が好きでな。我が父もご公儀のお役に恵まれず、食いつめておったので、朝顔を咲かせたり鶯《うぐいす》の世話をしたりで、どうにか糧《かて》を得ておったのだ」

霖五郎が合いの手を入れる。

「親父さんの育てる草花や鳥の中でも、仁兵衛さんは朝顔に惚《ほ》れ込んじまった。その心は？」

「うむ、朝顔は多様な変化を起こすのがおもしろいのだ」

「と言うと？」

「まず、土の話をしようか。朝顔は普通、朝に青い花を咲かせるものだ。花弁は五枚だが、ひとつながりとなって丸い形を呈《てい》する。しぼむ頃になると、青みが引いて紫色が強くなる。ただし、土によっては初めから紫色、あるいは赤色となることもある」

ほう、と直之介が目を見張った。

「土によって色が変わるのですか」

「さよう。あじさいなど、ほかの花でも起こることだが、朝顔はいっとう素直な花よ。手のかけ方で姿が変わる。今日は亀戸《かめいど》まで出向いたのだが、それも土を採《と》るためだった。そのついでに深川の山崎屋に寄り、霖五郎どのがこちらにおると聞いてきたのだよ」

吾平が仁兵衛に茶のお代わりを出した。

「朝顔やったら、京におった頃に育てたことがありますわ。普通の丸い朝顔と違う咲き方をするもんを、通のかたがたは、変化朝顔と呼んではるんですよね？」

「うむ、変化朝顔である。さまざまな種のものがあるぞ。どのようなものを育てたのだ？」

「八重咲《やえざ》きでした。手前の主が江戸の知り合いから送ってもろうた種を、手前がお世話したんです。八重咲きになるかもしらんっちゅう種は、二十粒ほどありました。その中から、ほんまもんの八重咲きは五つ育って、ほかは普通の一重の花びらでした」

「さよう、実に正確な割合だ。うまく育てたのだな」

「花を育てたんはあれが初めてでしたけども、おもろいもんですなあ。まず、あの硬い種の殻を錐《きり》で傷つけてやってから、土に植えたんです。初めて出てくる双葉が、待ち望んどったぶん、ほんまに愛らしゅうて。次から出てくる葉っぱは、初めのもんとは違う形をしてはるんですよ」

世話好きな吾平のことだ。きっと、鉢植えの花に詳しい誰かに教わりながら、丁寧に育てたのだろう。蔓が伸びてきた頃に竹ひごの柱を立ててやったことや、水のやりすぎを指摘されて冷や汗をかいたこと、茂りすぎた葉を剪定《せんてい》してやったことなど、目を輝かせて語った。

仁兵衛は満足げににこにこして聞いている。

「実った種をすべて人にあげてしもうたさかい、それっきりになりました。でも、不思議やったんですよ。八重咲きの花からは種ができひんかった。一重咲きから採れた種を人にあげた。やのに、種をあげた人から、八重咲きのんも咲いたいう手紙をもろうて、首をかしげたんです」

「いや、それで合うておるぞ。その八重咲きは出物《でもの》といって、種ができん型だ。花びらを増やすぶん、何かが欠け落ちてしまうのであろうな。しかし、八重咲きの花を兄弟に持つ一重咲きの花は、種を実らせる。その一部から、八重咲きの花、出物が生まれる」

直之介が帳面と矢立《やたて》を取り出し、急いでそれを書きつけた。

「なるほど。種をなさぬあだ花があると聞いたことはあります。木であれば、挿《さ》し木《き》で増やせるようですが、朝顔の場合は、兄弟の種から次の代のあだ花が咲きうるのですか。ああ、あだ花ではなく、出物と呼ぶのでしたっけ」

「うむ。出物の種をつけうるものを親木と呼ぶ。親木は一重咲きの朝顔でありながら、出物の種を隠し持っておるわけだ。人間でも似たようなことが起こるぞ。我が父は色白で、髭の生えぬ優男《やさおとこ》であったが、祖父が色黒の髭面でな、儂もまた色黒の髭面よ」

仁兵衛は呵々《かか》と笑った。

理世は小首をかしげた。朝顔ではないが、似たような話を聞きかじったことがある。

「長崎では、出島《でじま》に花園があって、そこには南洋の花も日の本の花もいろいろ植えられているそうです。出島のお花をいただいたことがあって、それが不思議な形をしていたので、育て方を尋ねたことがあって」

仁兵衛がどんぐりまなこを爛々《らんらん》と輝かせた。

「何と！　もしや、おぬしは長崎の娘か？」

「はい。ご縁があって、江戸の武家の養女となりましたけれど、もとは長崎の薬《やく》種問屋《しゅどんや》で生まれ育ちました」

「薬種問屋か！　それはそれは！　実は、儂も長崎に赴《おもむ》いたことがあるのだ。どうしてもほしい書物があったゆえ、朝顔の季節が過ぎた晩秋に旅立ち、次の朝顔の種を撒《ま》くべき初夏のぎりぎりに江戸に戻ってきた」

「まあ、でしたら、長崎ですれ違ったりしていたかも」

「そうであろうな。何しろ、薬種問屋はすべて訪ね歩いたのだ。珍しい朝顔の種はないか、もしあるならば買い取りたい、とな」

「朝顔はお薬になりますものね。うちの店でも、庭で朝顔を育てていましたよ。ごくありふれた朝顔でしたけれど」

　朝顔の種が優れた下剤《げざい》になることは、古くから知られていた。昔々の旅人が大陸を渡るときに朝顔の種を薬として携《たずさ》えていたという。

　毒を口にしてしまったときも、朝顔の種を服用すれば、体の中から追い出すことができる。草木の薬効が十分にわかっていなかった頃には、いくぶん強引なやり方だが、朝顔は確かに人の命を救う薬だったに違いない。

「朝顔は、はるか昔、絹の道を通って唐土《もろこし》から日の本に入ってきたというぞ。世界中に朝顔の仲間が咲いておるともいう。暖かい地、あるいは熱く湿った地に多いようだが、実は冬でも咲かせることができる」

仁兵衛は懐から手帳を取り出し、めくってみせた。克明《こくめい》な線で描かれた朝顔の絵が現れる。咲いた日付や花びらの差し渡しの大きさも横に書き添えてあり、記述が細《こま》やかだ。

すでに見たことがあるらしい霖五郎が、自分の手柄のように得意げに胸を張った。

「この絵、すげえだろう？　まるで図譜《ずふ》だよな。仁兵衛さんは、こういう記録をたくさん保管しているんだ。全部、朝顔のことなんだぜ」

仁兵衛は、正月二日に咲いたという花のところを開いてみせた。

「冬でも、暖めてやりながら育てれば、朝顔は咲くのだ。ただし、蔓はほとんど伸びん。三、四寸だけ伸びて、その先に花がつく」

直之介が唸った。

「存じませんでした。季節を越えても、花は咲きうるのか。であるならば、たとえば雪深き北方の地においても、咲かせる知恵があれば、咲かせることができる。つまり、何か特別な意味を持つ花であれば、あるいは……」

筆の尻をくわえたまま、直之介は黙り込んだ。戯作者の顔になっている。『北方異聞録』は蝦夷地を主《しゅ》たる舞台としているから、どうしても、草木の描写は限られてくる。直之介自身、その点を物足りなく思っているのだろう。

仁兵衛は自作の図譜をめくりながら、にこにこしている。育てた朝顔のことを記録しているのだ。我が子の姿絵を眺めているような気持ちなのかもしれない。

「長崎で、オランダ渡りの本草書《ほんぞうしょ》を買うてきたのだ。育てるときには、それを参考にもしておる」

「オランダ渡りの？　朝顔のことが書かれた本があるんですか？」

理世が尋ねると、仁兵衛はかぶりを振った。

「いや、朝顔の本ではない。本草書というのも、ちと違うか。本草学というのは、人の役に立つ薬草について、その見分け方や薬効を深く知り、唐土と日本の薬草の違いを解き明かす学だ。それに対し、オランダ渡りの草木の書は、人の役に立つ立たぬではなく、自然のままを記録するのが目的の学問だ」

「蘭学、というものですよね？　あるがままをよく見てその本質を知ろうとするのが蘭学だって、わたし、聞いたことがあります」

うむ、と仁兵衛はうなずいた。

「蘭学の中でも、草木の分類の学はすごいぞ。何を目印に見分ければ種の異同を判別できるのか、かの本に教わらずには、儂は気づけなんだ。見分け方を知った目で再びじっくりと見れば、変化朝顔とはいかなるものかがより深くわかってくる」

吾平が感服した様子で言った。

「ほんまに朝顔のためだけに長崎まで行かはったんですね」

「むろんだ。長崎に行き、オランダ語をどうにか読めるようになったのも、ひとえに朝顔のためよ。のう、生きておるうちに、ふとわからなくなることはないか？　己はなぜここで生きておるのか、と」

「ないとは言いまへんけども」

「儂は、朝顔たちのために、その問いの答えを出してやりとうてな。朝顔とは、何のためにここで咲いてくれておるのか。これは、儂が生涯をかけて究《きわ》めていくべき問いなのだ」

霖五郎がうきうきと身を乗り出した。

「な、仁兵衛さんって、本当におもしれえ人だろう？　実は、珍しい花が咲き揃った頃に屋敷に邪魔して見せてもらう約束をしていたんだ。今か今かと楽しみに待っていたんだが、わざわざ俺を訪ねてくれたってことは、そろそろなのかい？」

仁兵衛は深くうなずいた。

「見頃になってきた。近いうちに、できれば明《あ》け六《む》つ（午前六時頃）の鐘が鳴るより早く、儂の屋敷に遊びに来るとよい。とくと楽しませてみせるぞ！」

三

その日、将太は根津の宮永町《みやながちょう》にある坂田仁兵衛の屋敷に遊びに行くことになった。将太が芦名屋夫妻と昼餉をともにした、その三日後である。

芦名屋夫妻との一席は、肩透かしを食わされたと感じるほど何事も起こらなかった。家出したおれんを無事に送り届けてくれたことへの礼、という建前のとおりで、ただ楽しく談笑しただけだ。縁談のえの字も出なかった。

あるいは、商《あきな》い上手な芦名屋夫妻が聞き上手で、将太が楽しいと感じることだけを話させてくれたのかもしれなかった。

だからこそ、我が娘のことがまったくわからないというのはどれほど苦しいことか。

誠実に将太を遇してくれた二人の力になりたい、と思わずにはいられなかった。一方で、自分がおれんを救えるのかという問いには、ますます答えが出せなくなった。

昼餉の席を無事に終え、本所への帰り道を進んでいくごとに、将太は気が重くなっていった。ずぶずぶと沈み込むように考え事をしてしまった。

それを断ち切ってくれたのが、霖五郎だった。

「根津の朝顔御殿を見に行こうじゃないか！　なあ、将太よ。新しい学問仲間を得たんだよ。俺たちがいずれ開く学問塾には、おもしれえ変化朝顔をたくさん咲かせようぜ！」

ものすごい勢いでそう言ってきた。将太は気圧《けお》されてうなずくだけだった。

夜明け前から仁兵衛の屋敷を訪れて、なるたけ手習いに遅れないように本所に戻る。そういう約束である。

まだ暗いうちから根津へと歩く一行は、将太と霖五郎と直之介に加え、霖五郎が誘ったらついてきた才右衛門と、たまたま話を聞いていて興味を示した臣次郎である。

吾平は、朝は屋敷が忙しいからと遠慮した。理世も行きたがったが、まだ夜のように薄暗い中を男たちに交じって遊びにいくなど、母に尋ねるまでもなく言語《ごんご》道断《どうだん》である。

「朝顔を一鉢、みやげに買ってやろうか」

提案したのは臣次郎で、将太は黙ってうなずいた。

道中はおしゃべりに花が咲いた。臣次郎は話すのがうまい。将太は不思議になる。同じ屋敷で生まれ育ったのに、臣次郎だけがどうしてこうも洒落ているのだろうか。遊びなど、いつの間にたしなんでいたのか。

ただ、よどみなく話す臣次郎だからこそ、わずかな間でも言葉に詰まると、妙な引っかかりを後に残す。朝顔御殿の何に惹《ひ》かれたのかという、霖五郎の問いへの答えだ。

「俺も医者だ。薬種については学んでいるし、朝顔も扱っている。だが、仁兵衛さんというその御仁、朝顔にのめり込むあまり、その……長崎まで行って、オランダ語も身につけた、蘭学を自力でかじった、わけだよな。すごいものだ、本当に……」

理世とナクトがやって来て以来、長崎という町が身近に感じられるようになった。であるのに、臣次郎はなぜそこで言いよどむのか。口にしてはならない言葉であるかのように。

同じような場面が、少し前にもあった。オランダ流医術について話したときだ。漢方医術しか知らないことについて何か言いかけて、途中で引っ込めた。もしかすると、臣次郎はオランダの学問への憧《あこが》れがあるのだろうか。仁兵衛のように長崎へ行ってみたいと思っているのだろうか。

不忍池《しのばずのいけ》の西岸の道を通って北に向かう。将太はこのあたりに不案内だが、つい去年まで御徒町《おかちまち》に屋敷を拝領していたという直之介は、上野《うえの》や根津、谷中《やなか》のあたりは庭のようなものだという。

「朝顔といえば、御徒町の武家屋敷の庭先にも多い。そのへんで暮らしていた頃は、特に行き先も決めず、うろうろと歩き回っていたんですよ。やり場のない鬱憤をいつも抱えながらね。書き物の仕事をするようになり、本所に移ってからは、何だか落ち着きましたが」

似たような言い回しをどこかで見かけた。聞いたのではなく、そういう文章を読んだのだ。心当たりを思い出し、ああ、と将太は手を打った。

「確か『北方異聞録』の律春太郎《りっしゅんたろう》が初めに根城にしていたのが、根津権現門前町の飲み屋だった。直先生と同じように、行き先も決めずにうろうろと歩き回って、喧嘩《けんか》に巻き込まれたり、それを治めたりするところから物語が始まった」

筆子たちが根津のその酒場に行きたいなどと言いだして、ちょっと困ったことがあった。聞けば、根津権現門前町というところには、ただ酒を飲むのではなく、女郎が侍《はべ》る店も少なくないという。

作中には細かく書かれていないが、律春太郎の根城もおそらくそういう店だ。だから、後に仲間になる相手でも、きちんとした家の出の者は、初めは眉をひそめていたのだ。

直之介は、妙に大きな音を立てて空咳《からぜき》をした。

「ぶらぶらと歩き回るしか憂《う》さ晴《ば》らしの道がない寂しい男というのは、御徒町だろうが根津だろうが本所だろうが、どこにでもいるものですよ」

臣次郎がくつくつと喉を鳴らして笑った。

「言い得て妙だ。往診の行き帰りに遠回りして歩くのが、俺も好きでね。立て込んでくると、そう悠長《ゆうちょう》なこともしていられないし、根津の岡場所には縁もないが」

才右衛門はけろりとして言った。

「きれいなお姉さんがお酌《しゃく》をしてくれる店はいいものだよ。何も考えずに楽しめる。唄が聞こえてくる場なら、なおいいね。辛気《しんき》くさい話やお説教、小言も愚痴《ぐち》も聞かずに済むでしょう」

霖五郎がすかさず才右衛門に絡んだ。

「薄情なことを言うよなあ。どうせ俺の話もろくに聞いてねえんだ、才右衛門さんは」

すねたふうな口調である。

「ごめんよ。霖五郎さんの話はおもしろいから、半分くらいは聞いているよ」

「半分？　たった半分だと？　ひでえなあ！」

「いや、考えてもごらんよ。人の話をたった一度聞くだけできちんと理解できてしまう秀才は、世の中でも一握りなんだよ。霖五郎さんや直之介さん、大平家の三兄弟みたいな人が特別なのさ。だからさ、ちょっと手加減しておくれよ」

「仕方ねえことを言いやがって。ま、ほろ酔い気分で才右衛門さんと歌ったり、猿楽《さるがく》のよもやま話を聞かせてもらったりするのは楽しいから、大目に見てやるとするか」

霖五郎は気のいい男だ。いや、能天気《のうてんき》なように見えるくらい何でも笑い飛ばしてしまうが、その実、恐ろしいほどに忍耐強いのだ。あるいは仏のように心が広い。赦《ゆる》す、ということができる人なのだと、将太は改めて思う。

思えば、京で遊学をしていた頃、特にまだ十五だった頃には、将太もずいぶん霖五郎を呆れさせ、そのたびに赦してもらっていた。霖五郎が呆れて笑ってくれるから、将太のしくじりは、やんわりと正された。歩むべき道を示してもらえもした。

京で真っ先に友達になってくれたのが霖五郎でなかったら、どうなっていただろう? 恩師の源三郎《げんざぶろう》を喪《うしな》った痛手で胸がぺしゃんこになったまま、学びの道もおぼつかず、駄目になっていたかもしれない。

むろん今でも、俺はまだまだだ、と思っている。人を呆れさせたり怒らせたりしてしまう。筆子たちに「しょうがねえなあ」と世話を焼かれることもある。一つのことにのめり込んでしまい、まわりが見えなくなるのだ。当然気づくべきことに、気づくことができない。

だから近頃、理世を怒らせてばかりなのだろう。

なぜ怒らせたのかがわからないという察しの悪さが、我ながら不甲斐《ふがい》ない。先日来、理世は目を合わせてもくれないのだ。

霖五郎と才右衛門の気の置けないやり取りを、聞くともなしに聞きながら、将太は黙って歩を進めた。

「やあ、よく来てくれた」

髭面の仁兵衛は、ちらりと微笑んで、一行を迎えてくれた。何だか疲れた顔をしているように見える。三日前、直之介の屋敷であいさつをしたときは、豪快に笑う人物だと感じたのだが。

「俺たちのために、朝早くからありがとうございます。お休みになってないんじゃないですか？」

「いや、将太どの。この程度の早起きは、儂にとっては何ともないのだ。ちと、わけが……いや、何でもござらんよ」

無理をして笑っている。将太は気になったし、霖五郎も眉をひそめた。だが、いきなり根掘り葉掘り尋ねるわけにもいかない。

仁兵衛と顔を合わせるのが初めての臣次郎と才右衛門があいさつをした。臣次郎が将太の兄だと名乗ると、兄弟でそっくりだな、と仁兵衛は目を丸くした。才右衛門の美形ぶりにも驚きを示した。

簡素な木戸門から入ってみれば、朝顔御殿の敷地の広さは、矢島家と同じくらいだろうか。

庭に朝顔の鉢がずらりと並べられているのは壮観だった。住まいはこぢんまりとしており、それより大きくがっしりとした造りの小屋が建てられている。風雨の厳しいときには、朝顔の鉢をそこに運び込むという。

鉢には、いろはと数を組み合わせた札がついていた。鉢の並べ方も札の貼り方も、実にぴしっとしている。仁兵衛は、こと朝顔に関しては、細かな歪《ゆが》みさえ許せないのだろう。

日の出間近の薄明かりの中で、すでに朝顔の花は咲き揃っている。

将太は思わず声を上げた。

「これが変化朝顔？　本当にこの花も朝顔なんですか？」

五枚の花弁が糸のように細く撚《よ》れて、その先にひらりと広がる部分がある。

「風鈴《ふうりん》というのだ。まさにそんなふうに見えるだろう？」

「なるほど。隣の並びは、また違うんですね。花びらが縮れている？」

「縮れた花びらは、縮緬《ちりめん》という。花びらが五枚に切れたものは、風車《かざぐるま》に似ておるゆえ車咲きだ。花びらの切れ込みが複雑になったものは、獅子《しし》咲きと呼ぶ。花だけでなく、葉もご覧。縮れて丸まった形が、獅子の爪のようにも見えるだろう？」

仁兵衛は、手を鉤爪《かぎづめ》の格好にしてみせた。

「本当だ。葉も変わった形をしているんですね」

「うむ。ゆえに、咲く前からどんな花になるか、わかるのだ。隣の列のものは、八重咲きの中でも牡丹《ぼたん》といってな。花びらの数は、内に十枚と外に五枚。花びらも葉も、いくらか丸まる向きがある」

早起きの蜜蜂《みつばち》が、かすかな羽音を立てて飛んでいく。刺されやしないかと、将太は少しのけぞったが、仁兵衛は気にしていないらしい。

将太はぐるりとまわりを見やった。

「すごいですね。おもしろいな。獅子も牡丹も、まったく違う花みたいだ。なぜこんな形になるんだろう？」

「なぜという問いにはまだ十分に答えられんが、花の造りについては一つ、これかもしれんという見込みが立っておる。普通、花びらの中央に蕊《ずい》、または、しべ、と呼ばれるものがある。梅や桜の花を思い浮かべてみるがよい。真ん中に、糸のようなものがぴんぴんと出ておるだろう？」

「ああ、はい。あれが蕊なんですね」

「さよう。朝顔の奥にも普通はその蕊があるのだが、この牡丹には蕊がない。そのぶん、花びらに成り代わっておる。種が作られぬわけも、それが関わるのではないか、と儂は睨んでおるよ。なぜなら、親木となる朝顔同士で蕊を切って入れ替えると、奇妙な出物が生まれることがあるのだ」

将太は、仁兵衛の試したことを頭の中で思い描いてみた。が、今ひとつぴんとこない。

「すみません、俺、花はよくわかっていなくて。教え子に聞いておけばよかったな。花に詳しい子がいるんですよ」

絵師の卵、銀児《ぎんじ》のことだ。白太《しろた》というのが本名だが、半元服を迎えたのを機に銀鍾児《ぎんしょうじ》という号をつけ、それにちなんで銀児と名乗りを改めた。銀児は、花や虫については、長崎で学問修業を積んできた蘭学者が感服するほどに詳しいのだ。

仁兵衛はがりがりと頭を掻いた。

「いや、儂も仕組みが十分にはわかっておらんのだ。オランダ渡りの草木の書にも当たっておるが、謎が解けん。何しろ、朝顔が育って開花するまでに二月かかる。暑い頃でなければ育ちが遅くもなる。ゆえにな、あれこれ試したくとも、なかなか進まんのだ」

臣次郎が、ずっと耳を傾けていたのだろう、不意に口を挟んだ。

「蕊をいじってやると、変わった花を咲かせる種が採れるという話は、薔薇《ばら》を育てていた蘭学者から聞いたことがあるぞ。その人は菊の育て屋がぽろっとこぼしたのを試したそうだ。秘伝の技だとかで、確かなところは教えてもらえなかったそうだが」

仁兵衛は臣次郎に勢いよく詰め寄った。

「そ、その蘭学者というのは!」

「築地《つきじ》で塾を開いていた人だが、もうずいぶん前に故郷へ引き揚げてしまった。詳しくは知らんが、揉め事があったらしくて、塾生も散り散りだそうだ」

「そうか。それでは話は聞けぬな。いずれにせよ、蕊をいじることについては、やはり秘伝であるのか」

「築地の蘭学者だって、当時は俺がまだ子供で、入塾の見込みがあったから、珍しい薔薇の育て方をこっそり教えてくれたんだろう。それもほんの一言や二言だったし、俺自身、今の話を聞くまで忘れていた」

将太は驚いていた。同時に納得してもいた。

「兄上は、蘭学塾に入りたかったのか」

臣次郎は唇の前に人差し指を立ててみせた。

「父上や母上には内緒だぞ」

「それはむろん言わないが。しかし兄上、今でも学んでみたいと思っているんじゃないのか？　蘭学やオランダ流医術に関心があるんだろう？」

「さて、どうだろうね。ほら、立ち話なんかしてないで、みやげにふさわしい花を探そう」

臣次郎は将太に背を向けた。何となく、将太はその後をついていく。

朝顔の花びらは通常、一枚につながっているものだ。それが五枚に分かれているものが並んでいる。霖五郎がしたり顔で教えてくれた。

「こっちが桔梗《ききょう》で、こっちは竜胆《りんどう》、こっちはねじ梅だそうだ。花びらの数が六枚以上になっているのは、多曜《たよう》ってんだ。乱菊《らんぎく》って呼ばれる咲き方のやつは、華やかでかわいいよな」

また別の列に目を転じれば、不思議な色合いのものが咲いている。赤いもの、白いもの。五枚の花弁のうち、一枚だけが白いもの。

臣次郎が葉を指差した。

「斑《ふ》入りだな。こういう、まだらに白くなったやつは値打ちがあるらしい。特に、斑の色が透き通った水晶斑《すいしょうふ》は人気だと聞いた」

　仁兵衛が追いかけてきて説明を加えた。

「おう、斑入りであるとか、葉の全体が黄色いもの、あるいは黄と緑が半分ずつの松島《まつしま》も、求める人が多い。というのも、育てるのが難しいからだ。斑入りや黄色の葉は、何というかな、人でたとえると、食が細い感じだな。育ちが遅い」

　たとえ話のおもしろさに、つい引き込まれる。

「食が細い、ですか。体が小さくて、ちょっと風邪をひきやすい感じですよね？」

「さようだな。ちゃんと目を配って、日当たりをよくしたり、ほしがるだけの水をきちんと与えたりすれば、それなりに育ってはくれるのだがな」

「そういえば、蔓の支えにする竹ひごの組み方も、工夫されているんですね。一つひとつ違う」

「うむ。今言うたように、育ちが遅いものや蔓の弱いものもあるゆえ、一緒くたにしてはいかんのだ。こちらは螺旋仕立《らせんじた》て、こちらは行灯《あんどん》仕立て、あるいは籠のような仕立てがよいとか、一本の柱に巻きつかせてみようとか、一つずつ面倒を見ておる」

　朝顔について語るうち、仁兵衛の顔つきはいくぶん明るくなってきた。一行を出迎えてくれたときは、医者である臣次郎が何度も首をかしげていたほどに、顔色が悪かったが。

「筆子たちにも仁兵衛さんの話を聞かせてやりたいな。俺が教えている手習所でも、筆子たちに朝顔の世話をさせた年があったんです。赤い花が多く咲いていたな。その赤い花を使って染物もしたんですよ」

「おお、子供らには楽しい出来事だったろう。朝顔は、朝に咲いて夕にはもうしぼんでしまうが、どんどん新たなつぼみをつけ、種を実らせる。日々変わっていく姿がおもしろく、いとおしかったに違いない」

「はい。毎日絵に描いて、その日その日の姿を残してくれた筆子もいました。数の勘定に強い子たちは、種を皆に等しく分けるために知恵を絞ってくれたりもしました。本当に、よい経験ができましたよ」

版木屋の子である銀児が絵の具を家から持ってきてくれたので、皆で種を好きな色に塗った。彩色した種を、仲間の証《あかし》として分けたのだ。将太も仲間に入れてもらい、種を配られた。それが何だか嬉しくて、まだ植えられずにいる。

「毎日絵に描くのはよいな。子供らの絵はまたよい。実は、儂の付き合いのある絵師の孫が、図譜顔負けの精密な絵を描くのだ。ああいう子供の才が伸びるのを傍らで見るのは、楽しいことだな」

絵師の孫と聞いて将太は、おや、と思った。ひょっとして銀児のことではないのか。

仁兵衛に確かめてみようとしたところで、不意に、将太は一鉢の朝顔に目を惹かれた。

「おりよだ……」

思わずつぶやいた。直前まで考えていたことがすべて吹っ飛んだ。

朝顔の濃い青色は、藍染めに似ている。その青い花びらに、絞り染めのような白が入っている。一重咲きで、ひと連なりになった花びらだが、箇所によって濃淡が違う。

そんな着物を、つい先日、理世が身につけていた。ぷいと背中を向けてしまった、その怒った後ろ姿が、将太の脳裏に焼きついている。

「うん？　理世がどうした？」

将太の声が耳に入ったらしく、臣次郎が振り向いた。

「あ、ええと、あの朝顔が、理世の着物に似ていると思って」

「その絞り染めのような朝顔か？　理世がこういうのを着ていたかな？　おまえ

は案外、よく見ているんだな」

「お、俺も、さほどよく覚えていない。ただ、この着物を三日前に着ていたのは間違いないと思う」

印象に残っているのは、途方に暮れながら後ろ姿を見つめることしかできなかったからだ。面と向かい合うことができるのなら、着物など目に入らない。理世の顔を、目を、どうしても見つめてしまうのだが。

「まあいい。理世がこの絞り染めのようなのが好きそうなら、一鉢買ってみやげにするといいんじゃないか?」

なりゆきを聞いていた仁兵衛が、西隣のほうを指差した。

「売り物はあちらで育てておるゆえ、案内しよう。こちらは、儂が学びを深めるために育てておるのだ」

仁兵衛が西隣のほうへ向かったので、全員ぞろぞろとついていく。

将太はふと、整然たる並びに欠けがあることに気がついた。真ん中あたりに、ぽかりと一か所。

「一鉢、足りない?」

育ちが悪いものや、残念ながら弱ってしまったもの、花をつける力のない様子のものそのまま置いている。だというのに、一か所だけぽかりと空いているのだ。

「将太、行くぞ」

霖五郎に声を掛けられ、将太は急いで皆を追った。

こちらと西隣を隔てる板塀には、鍵のかかる木戸がついていた。朝顔の鉢を増やすうち、庭の広さが足りなくなって、隣の敷地を借りたらしい。

売り物の朝顔もまた、整然と並べられている。いろはと数による札ではなく、値札がつけられている。銭で何文という値ではない。三両とか五両とか、ちょっとした宝物のような値である。

「色の変化朝顔はこちらだぞ。絞り咲きのものは、さほどの手間もかからん。六百文の値をつけておるが、半値、いや、二百文でよい。蘭学塾の菊と薔薇の話を聞かせてくれた礼だ」

「そんなに負けていただいていいんですか？」

「よいよい。好いた娘に贈るのだろう？　喜んでもらえるとよいな」

仁兵衛がにこやかに言うので、将太は固まってしまった。腹の底を見透かされているのかと思った。慌てて否定する。

「ち、違いますよ！　い、妹！　理世は妹です！　あの、言いませんでしたっけ？　理世とは直先生の屋敷で会われたんでしょう？」

「おお、会ったぞ。直之介どのの屋敷をせっせと掃除しておったな。近所に住む御家人の娘だとは聞いたが、何だ、おまえさんらときょうだいであったのか。ちっとも似ておらんので、まったくもってぴんとこなかったぞ」

「り、理世は、血がつながっていませんから」

「であろうな。長崎の生まれ育ちと言っておった。養女ということか」

「はい。それでも、今では俺たちの妹なんです。す、す……好いた娘だなんて、そんなのは、ええと、縁談が来ているので、理世にも悪いし、相手にも申し訳ない誤解ですよ」

才右衛門がへらへら笑いながら割って入った。

「私の弟が理世さんにホの字でね。縁談というのは、弟と理世さんの間でのことさ。だから、今日のところは将太さんに譲っておくけれど、次に理世さんに花を贈るときは、杢之丞の顔を立ててやっておくれよ」

「むろんだ。重々承知している」

将太は力を込めて言い切って、袂から財布を取り出した。理世にもらった袂落としがちらりとのぞく。船来の端切れをつないで作ったという、色とりどりの品だ。

目ざとい才右衛門が、おや、と指差した。

「ずいぶんとまた、洒落た袂落としを使っているんだね」

「理世が作ってくれたんですよ。雨続きだった頃に、端切れをたくさんつないで、猫の首輪や小物入れをいくつか作ったと言っていました。器用でしょう？　俺のぶんはこんなふうに紐をつけて、袂落としにしてくれて」

将太は仁兵衛に銭を支払った。

自分で財布を使うことなど、実はあまりない。ただ、手習いで商家の子に教えてはいるので、銭の勘定のやり方は頭に入っている。

「うむ、確かに二百文、頂戴《ちょうだい》した。どれ、元気なものを選んで進ぜよう。絞り咲きで、色に濃淡があるのがよいのだったな？」

仁兵衛がぶつぶつ言いながら離れていったのを見計らって、才右衛門が将太に近づいてきた。将太の肩に手を乗せ、伸び上がって耳打ちしてくる。

「袂落とし、理世さんの小物入れとお揃いだよね。黒猫の首輪と理世さん自身の小物入れは、私と杢之丞も先日、見せてもらったよ」

「あ、そうだったんですか」

「杢之丞は、理世さんの手先の器用さを誉めた。でも、作ってもらうという話にはならなかった。ましてや、お揃いなんてね。杢之丞がこのことを知ったら、ちょっと傷つくかもしれないな。あいつの前では黙っていてくれるかい？」

将太はぎょっとして、才右衛門の顔を見下ろした。男の目から見ても完璧《かんぺき》な造形の顔だ。美しすぎて面のようだ、と思ってしまった。笑顔の形に彫られた面の奥で、二つの目だけが、生身の鋭い輝きを宿している。

「気をつけます」

「うん、よろしく頼むよ。杢之丞も言っていた。あなたと理世さんはずいぶん仲のいい兄妹だから、つい、やきもちを焼きそうになってしまう、とね」

「な、仲がいいなんて、そんな……」

純朴でまじめな杢之丞はきっと何も察していないはず、などと考えていたのは間違いだったらしい。弟の言葉を将太に伝える才右衛門は、妙に鋭い目でこちらを見据えている。耐えきれなくなって、将太は目をそらしてしまった。

「ま、いいさ。仲違《なかたが》いなんかしてはいけないよ。血はつながっていなくとも、今では兄妹なんだからね」

才右衛門は、ぽんと将太の背中を叩いて離れていった。

叩かれたところの奥で、心の臓がばくばくと鳴り響いている。

直之介が仁兵衛に問うている。

「売れて空きが出たら、きれいに詰めてしまうのですね。きっちり並べるのがお好きなんですか」

「きっちり並べてやったほうが、朝顔がよりきれいに見えるだろう？」

「では、隣の庭に空きがあったところは、空けるべき理由がある、と？」

やはり直之介も気になっていたのだ。鉢がずらりときれいに並んだ中に、一か所だけ、ぽかりと空いていた。

仁兵衛の顔から笑みが抜け落ちた。それどころか、さあっと血の気まで引いてしまい、足下がふらついた。ぐらりと体が傾く。

あっ、と皆が声を上げる中で、すかさず臣次郎が駆け寄る。さすが医者だ。仁兵衛を支えて座らせ、手首の脈とまぶたの色、体の熱を手早く調べる。

「心配事があって脾《ひ》を痛めてしまったというところか。つまり、胃の腑《ふ》と腸が悲鳴を上げている。この暑さの中、ろくに食えないのに夜明け前から起き出していれば、早晩、倒れてしまうぞ。何があった？」

才右衛門が竹筒を差し出した。麦湯《むぎゆ》だよ、と言う。

仁兵衛は麦湯を口に含むと、肩で息をしながら、絞り出すように告げた。

「奪われてしもうたのだ。儂の大切な一鉢が……」

四

手習いの開始に間に合うよう、なるたけ急いで本所に戻った将太だが、仁兵衛の落胆ぶりが頭にこびりついて離れなかった。

ついに手に入れた異国生まれの朝顔を、これからじっくりと見極めていこうとしていた矢先に奪われてしまった。その無念を思い描くと、やるせない。

将太が浮かない顔をしていたせい、というより、まるで身が入っていなかったせいだろう。初めは筆子たちに心配され、ついには千紘に叱られた。

「ちょっと、将太さん。しっかりしなさいよ。顔でも洗ってきたらどう？」

「面目《めんぼく》ない」

将太は素直に井戸に向かい、水を汲んで顔を洗った。近頃はもうずいぶん暑い。人より体の熱が高い将太は、汗かきで暑がりだ。暑気に中《あた》ったりはしないが、疲れやすくはなる。

ぼんやりしていると、銀児が井戸端にやって来た。

「朝顔を見てきたから少し遅くなったっていう話、本当？」

「ああ、本当だ。夜明け前から根津まで行ってきた。つい長居してしまったから、走って戻ってきたんだが、ちょっと間に合わなかったな。おもしろい形の朝顔がたくさん咲いていたぞ」

銀児は小首をかしげた。

「根津の朝顔って、坂田仁兵衛先生の屋敷？」

「ああ、そうだ。やっぱり銀児も知ってるのか」

「仁兵衛先生はお祖父ちゃんの友達だよ。朝顔の描き方を教わりに行ったんだ」

「仁兵衛さんは銀児のことをとても誉めておられたぞ」

銀児は照れくさそうに頰を掻いた。

「夜明け前から日が沈んだ後まで、朝顔のことをたくさん教わりながら絵を描いたんだ。咲き始めたばっかりの、とても珍しい朝顔もあったんだよ。異国から渡ってきた、夜に咲く朝顔」

将太は、思わず手ぬぐいを取り落とした。

「そ、その花、銀児は見たのか？」

「見せてもらった。これからじっくり調べていくんだって、仁兵衛先生が張り切ってた」

将太は手ぬぐいを拾い、じっと考えた。十五になって、だんだんと大人びてきた銀児を見据え、一度口を開いた。声を出す手前で、また少し迷った。が、思い切って言った。

「銀児、これから俺が話すことに賛成してくれるなら、次郎吉《じろきち》さんにわたりをつけてくれないか？　仁兵衛さんは今、夜咲きの朝顔のことで悩んでいるんだ」

「悩んでるって？　あの花がどうかしたの？」

「奪われたらしいんだ。誰に奪われたのかは目星がついている。楠根太郎左衛門《くすねたろうざえもん》という旗本だそうだ。珍しい花を見つけてきては、旗本の仲間を呼んで品評会をしているらしい。仁兵衛さんにとって、毎年必ず変化朝顔や大輪朝顔を買っていく得意先でもあるらしいんだが」

「夜咲きの朝顔のほうが珍しいと思ったのかな」

「異国渡りの花だと紹介したら、目の色を変えたらしい」

「普通の青い花だったよ。しぼむ頃には紫色になるところも、普通と同じ。ただ、夜に咲くだけ。確かに珍しくはあるけれど、徹底して調べたいと言っていた仁兵衛先生にしか、本当の値打ちはわからないんじゃないかな」

「それでも奪われたんだ。仁兵衛さんという朝顔の第一人者が、いっとう珍しいと値打ちをつけたから」

「盗まれたの？」

「そうらしい。楠根家との取り引きは、用人がみずから、何人もの下男を率いて根津を訪れていたそうだ。買った鉢を大八車に積んで帰っていくのを見送った後、ふと確かめてみたら、夜咲きの朝顔がなくなっていた。楠根家との取り引きの間、ほかの客の出入りはなかった。やはり楠根家の大八車だ、と仁兵衛さんは思ったらしい」

「夜咲きの朝顔をほかの朝顔の中に隠して、持ち去った？」

「ああ。証はないがな。でも、夜咲きの朝顔が消えたのは、あの取り引きの間のこととしか考えられない。それで仁兵衛さんは楠根家を訪ねていって、売り物ではない朝顔を間違って持ち去っていないか、と訊《き》いてみたらしい。が、相手はけんもほろろな態度だった」

銀児は、つぶらな目をじっと見開いて考えていた。やがて、大きく一つ、うなずいた。

「次郎吉さんと琢馬《たくま》さんに伝える。早く取り戻してあげなくちゃいけないね。朝顔の季節は短いんだから」

「引き受けてくれるか？」

「うん。今日、手習いが引けたら、すぐにわたりをつけてみるよ。任せておいて」

小柄で浅黒い肌をした次郎吉は、その日もまた神出鬼没《しんしゅつきぼつ》だった。剣術道場からの帰り際、どこからともなく現れて将太に声を掛けたのだ。

「よう、兄さん。銀坊がお呼びだぜ。例の朝顔の件さ。絵描き小屋までご同道いただこうか」

将太が銀児に相談を持ちかけた翌日である。もう調べがついたというのか。

「銀児のところへ、今からですか？」

「おうよ、今からだ。大平の屋敷のほうには伝えてあるから安心しな。将太先生は今宵《こよい》、支配勘定《しはいかんじょう》の尾花《おばな》琢馬さまと夕餉を召し上がるお約束になっておりますってな。ま、嘘じゃあねえ。うまい仕出し弁当を用意してあるぜ」

この次郎吉と、表向きは勘定所にまじめに勤めている琢馬と、版木屋曼葉堂《まんようどう》の倅《せがれ》で特別な画才を持つ銀児は、別の顔を持っている。蝙蝠《こうもり》小僧と名乗って、奉行所や目付の探索が及んでいない悪を裁いてのけるのだ。

策を練るのは琢馬が中心となるが、人よりはるかに見える目を持つ銀児のひらめきが役に立つことも多いという。実際に悪事の証を盗み出したり、夜の闇に乗じて探索をしたりするのは、ずば抜けて身が軽い次郎吉の役目である。

将太はたまたま蝙蝠小僧の一党について知るところとなった。どんな暗躍をしているのか、つまびらかなところはわからない。銀児にはあまり危ないことはしてほしくないが、こたび話を持ちかけたのは将太のほうなのだ。

「わかった。すぐに向かいましょう」

「そう来なくっちゃなあ」

曼葉堂は日本橋の田所町《たどころちょう》にある。本所相生町三丁目にある勇源堂からは、両国橋を挟んで半里といったところか。筆子の中で最も遠くから通ってくるのが銀児である。近頃はこの道のりも何ともなくなったようだが、もっと幼かった頃はちょっと大変だったらしい。

すでに店じまいを終えた曼葉堂の表で、銀児が提灯《ちょうちん》を手に、将太たちを待っていた。

「そろそろ来ると思ってた。こっちの路地から行こう。勝手口があって、庭に入れるの」

曼葉堂のすぐ脇にある木戸をくぐって細い路地を進んでいく。路地と曼葉堂の境は板塀で仕切られているが、ちょっと行ったところで琢馬が勝手口を開けてくれていた。

「こちらからどうぞ。この勝手口は絵描き小屋の目の前に通じているんですよ」

「鍵がかかるようになっていて、おいらたちしか使えない勝手口なんだよ」

銀児が将太を振り向いて言えば、次郎吉は、ふふんと胸を張った。

「ま、手前は鍵があろうがなかろうが、どんな戸でも開けちまうんだがな」

次郎吉はもともと、鼠小僧《ねずみこぞう》という名で盗人稼業に勤《いそ》しんでいたのだ。狙う獲物は悪党ばかりで、金目のものを盗むついでに、そいつが今までなしてきた悪事を暴露するのがやり口だった。

ところが、鼠小僧の人気が高まると、偽物が横行するようにもなっていた。それに嫌気が差した次郎吉は、礫投《つぶてな》げの名人でもあった小悪党に鼠小僧の名をくれてやり、そいつを奉行所の捕り方の罠にはめて自滅させた。古い名と決別した今は、ただの盗みからは足を洗っているという。

銀児の絵描き小屋は、前に来たときよりも、ものが増えていた。ここで寝起きするようになったらしい。布団や長持《ながもち》、絵の道具がきっちり収められた木箱が四畳半の部屋の端に置かれている。

銀児は土間の腰掛けに、次郎吉は長持に、将太と琢馬は畳に座った。

口火を切ったのは琢馬だった。

「聞きましたよ。銀児さんに朝顔のことを教えてくれる師匠が、理不尽《りふじん》な目に遭わされたそうで」

きちんとしているだけでなく、何とも洒落た男前である。麝香《じゃこう》の匂いを着物に焚《た》き染めている。ふと微笑むと、目元に烏《からす》の足跡のような皺が刻まれるのが、三十過ぎの男ならではの余裕と色気を醸《かも》しだしている。

将太は、琢馬にうなずいてみせた。銀児からお聞きでしょうが、と前置きして言う。

「坂田仁兵衛さんといって、朝顔好きが高じて蘭学にまで手を出している奇特《きとく》なお人と親しくなったんです。ところが、仁兵衛さんの朝顔が、とある旗本に奪われてしまった。仁兵衛さんの落胆《らくたん》ぶり、見ていられないんです。俺はどうにかしてあげたくて」

　琢馬は扇子《せんす》で己に風を送りながら答えた。

「その仁兵衛さんという人は存じませんでしたが、問題の旗本、楠根太郎左衛門のほうは知っていますよ」

「えっ、お知り合いなんですか？」

「父が楠根の屋敷に招かれたことがあるんですよ。うちは勘定方《かんじょうかた》、楠根は番方《ばんかた》で、日頃の接点はないはずなんですが、野心のあるところを見込まれたんでしょうかね」

「野心というのは、出世したいとか、そういうことですか？」

「ええ。昔ながらの番方では家柄ごとに天井があるようですが、勘定方は存外、そうでもないのでね。何にせよ楠根は、六十日に一度の庚申待《こうしんま》ちを口実に、花を愛《め》でる会と称して、これと見込んだ旗本に声を掛けて自分の屋敷に集めているんです」

　干支《かんし》というのは年のみならず、日にも割り当てられている。十干《じっかん》と十二支《じゅうにし》の組み合わせのうち、庚申《かのえさる》にあたる日の晩には、人の体から三尸《さんし》の虫が忍び出て、地獄の閻魔《えんま》に宿主《やどぬし》の悪事を知らせに行ってしまうという。

閻魔に悪事を知られたくなければ、庚申の晩には眠ってはならない。それで、庚申待ちという名目で集まって夜通しの宴《うたげ》などを催すのが、古くからの習わしになっている。

しかし、楠根が開く庚申待ちの宴のことを、琢馬は妙に棘《とげ》のある口ぶりで語っている。

「楠根の屋敷の集まりは、花を愛でるためでも庚申待ちの寝ずの番でもなく、何か裏があるんですね？」

「変化朝顔のように珍しい花を高値で取り引きする場ですよ。自分の屋敷に飾るためではなく、賂《まいない》として贈るための花です。仁兵衛さんの朝顔は去年、三十両を下らなかったのだとか」

「馬鹿な！　仁兵衛さんは三両とか五両とか、そのくらいの値をつけて売っていましたよ。なのに、宴での売り値が三十両ですって？」

「馬鹿馬鹿しいことに、そういうめちゃくちゃな値付けがまかり通ってしまうようですよ。楠根自身が一千五百石の御旗本ですから、ご機嫌うかがいの取り巻きも多いらしくてね」

琢馬は花が好きだと、銀児から聞いている。羽織の裏地や、袖口からちらりとのぞく襦袢《じゆばん》、ぱっと開いた扇子の墨絵《すみえ》など、いつも必ずどこかに花をあしらっているらしい。もともと銀児と意気投合《いきとうごう》したのも、花や蝶《ちよう》、声のよい虫を愛でるというのがきっかけだったそうだ。

次郎吉が顎を撫《な》でながら言った。

「賂のために高値で花を取り引きする、か。手前はもう一つ、きなくさい噂も聞いたぜ。楠根の屋敷では、庚申待ちの晩に賭けをやってるってんだ。妙な高値がつくって噂の花は、もしかすると、賭けの的になってるんじゃねえか？」

「旗本が自分の屋敷でそんなことを堂々とやるものなんですか？」

「堂々とはやってねえよ。この次郎吉さまが探りを入れても、確かなことはつかめなかったんだ。十分、こっそりやってると言えるね。あるいは、博打と呼ぶにゃかわいらしい、富くじみてえなやり方なのかもしれんが」

銀児が口を開いた。

「仁兵衛先生がかわいそうだ。大切に育てた朝顔が、花をかわいがらない人の手に渡っているだなんて。夜咲きの朝顔は、売るために咲かせた花じゃないのに、その旗本の指図で盗まれたんでしょう？」

琢馬がうなずいた。

「仁兵衛さんだけではない。桜の季節には桜の、菊の季節には菊の、ほかにもさまざまな花の育ての親たちが、理不尽な仕打ちを受けてきたみたいだ。楠根の評判は悪く、敵も多い。風流を解さぬ輩《やから》は、こらしめてやらねばならないね」

「今までのことはどうすればいいかわからないけれど、朝顔は助けてあげたい。仁兵衛先生のところに帰してあげたいな」

銀児の言葉に、次郎吉が身を乗り出した。

「おう、助けてやろうぜ。おあつらえ向きなことに、庚申待ちの夜は明後日《あさって》だ。取り引きだか博打だか知らねえが、花をきちんと愛《め》でる了見《りようけん》のねえ悪徳旗本どもに、ひと泡吹かせてやろうじゃねえか」

将太は今さらながら、はっとした。

「楠根が朝顔を強引に持ち去っていったのは、その宴まで日がなかったからか。次の庚申は二月後だ。その頃はもう朝顔の季節は終わっている。だから、何としても明後日に間に合わせたかったわけだな」

琢馬は、鬢《びん》からこぼれた一筋の髪を指ですくって耳に掛けた。

「こちらにも、あれこれ手を打つ暇がありません。早急に策を固めましょう。私は当日の晩、正面から乗り込みますよ。銀児さんを甥っ子として連れていって、夜咲きの朝顔が仁兵衛さんの育てたものであるか否か、見極めてもらいます」

「朝顔なんて、どれも似たようなものなのに、わかるのか？」

銀児は将太の前で紙の束をめくった。一枚の絵を示す。

「これが夜咲きの朝顔だよ。おいらなら見分けられる。おいらが見たときよりも蔓はもっと伸びているだろうし、花は種袋になっているはずだけど、時が進んだだけなんだ。何もかもすっかり変わってしまうわけじゃないから、大丈夫」

「なるほど、そうだな。銀児の目は、並みの者にはわからないところまで、よく見えるからな」

「もっと確かな証もあるよ。仁兵衛先生は一つひとつの育ち方に合わせて、仕立てを変えるんだ。夜咲きの朝顔は、二重の螺旋仕立てだった。ちょっと珍しいでしょう？　この形に巻きついてくれたら美しいだろうって思ったんだって。夜咲きの朝顔はとても素直な子で、伸びてほしい形に伸びてくれるから」

「仁兵衛さんがそんなふうに言っていたのか。まるで花と言葉が交わせるみたいだな」

銀児はにこりとしてうなずいた。

次郎吉が将太を指差した。

「そんじゃあ、庚申待ちの宴の当夜、兄さんは尾花家の下男ってことで、手前と一緒に動いてもらおうか」

「お、俺？　俺も屋敷に入るんですか？」

「加勢してもらうって言っただろ。何でい、怖じ気《おけ》づいたのか？」

「いや、そうじゃなくて。俺は変に目立つし、内緒話も芝居もできない。役に立たないでしょう」

「役に立つさ。それに、大して目立たねえとも思うぜ。重くてかさばる鉢植えを持って帰るんだ。どの家も、体がでかくて力持ちの下男を連れてくるさ」

目をきらきらさせている銀児に、将太は確認した。

「銀児、こたびの件は本当におまえにとって危ないことではないんだな？」

「危なくないよ。楠根という殿さまは何もかも隠そうとするだろうって、琢馬さんも言ってる。危ないことや大騒ぎになんかならないはずだよ。だから将太先生、手伝って。一緒に策を練って、悪党をこらしめよう」

手伝って、と筆子に頼まれると、将太は弱い。

「承知した。もともと俺が銀児に相談したことだ。仁兵衛さんの朝顔を取り戻すために銀児も敵方へ繰り出すというのに、俺が何もしないわけにはいかない」

将太の返事に、銀児と琢馬は目を見交わし、ぱしんと手を打ち合わせて笑った。

五

行灯《あんどん》のともされた部屋を見渡して、将太は思わずこぼした。

「妙な気分だな」

将太は次郎吉とともに、楠根の屋敷の控えの間にいた。中間、小者、下男といった付き人が待つための部屋だが、ずいぶん広々としている。将太も次郎吉も手をつけなかったが、麦湯や握り飯、菓子も振る舞われていた。

主が朝まで帰らないとあって、大半の者たちは転がったり膝を抱えたりして眠っている。

自分の身なりを見下ろせば、そっけない麻《あさ》の小袖を尻っ端折りにした姿。普段は大抵、きちんと袴《はかま》をつけているから、剝《む》き出しの脚がすうすうするのが落ち着かない。

次郎吉は、持参した竹筒の水を口に含んだ。

「どうした？　退屈そうじゃねえか」

「退屈なわけではないが」

「だったら何でい、しけた面なんかしやがって。まだその格好に慣れねえってか？　こんな生っちろい脚しやがってよ、仕方のねえやつだなあ」

日頃から尻っ端折りをして働いている付き人たちに交じると、将太の脚は白い。そうでありながら、ごつごつとした陰影ができるほどに、いかにも鍛えられている。体つきや身のこなしからも、やはり将太が武士であることは明らかだろう。

であるから、次郎吉はあえて隠さないことにしたらしい。控えの間で隣り合わせに座った者などに、でたらめを吹き込んでいた。

「こいつ、新入りでな。お家がどうとかで、こうするしかなくなったんだとよ。ま、よくある話だよな。察してやってくれ」

手ぬぐいをほっかむりにした将太は、そのあたりのことはすべて次郎吉に任せて、神妙そうにうつむいておいた。鬼のような大男が陰気に黙りこくっていれば、誰も声を掛けてこない。おかげでぼろを出すこともない。

将太は周囲のいびきに紛《まぎ》らせて、なるたけ声をひそめて言った。

「庚申待ちの夜には妙な出来事が起こりやすいのかもしれない。以前、庚申待ちの夜に出る強盗の話を聞いたことがあって」

「ほう。強盗ねえ」

「大きな商家の主も、こういう庚申待ちの集まりを開いたりするらしいんですよ。集まりに出れば、店のほうは手薄になる。そこを狙って押し込む凶賊がいたそうなんです。庚申強盗って連中が」

「なるほどなるほど」

「三戸の虫というのは人の良心のようなもので、宿主が寝ていようが起きていようが、庚申待ちの夜には人の体から抜け出して、閻魔の前だけでなく、人の目の前にも悪事をさらしてしまうんじゃないか」

次郎吉はにやにやしながら聞いていたが、ひらひらと手を振った。

「おとぎ話としちゃおもしれえが、結局は人の世の都合よ。庚申待ちの寝ずの晩だからこそ、人が集まる、あるいは手薄になる、ちょうどいいからそこに付け込む。それだけの話さ」

「そう言ってしまえば、確かにそうかもしれないが……」

「ま、信じたいように信じりゃいい。さて、そろそろ頃合いだろう。行こうぜ」

立ち上がった次郎吉を、座ったままの将太は見上げた。

「俺も、ですよね？」

「びびっちまったか？　それとも良心の呵責《かしゃく》ってやつかい？」

「……いえ、大丈夫です。行きましょう」

将太も立ち上がった。背中を丸めて歩けと次郎吉に言われているので、それに従う。

部屋の表で見張っている楠根家の下男は、ずいぶんと眠そうだった。

「おまえたち、どこへ行くんだ？」

「厠《かわや》だ。確かこっちでよかったよな？」

次郎吉は指差して確認した。相手がうなずくのを確かめて、外へと向かう。

本当は問う必要などない。昨日と今日の昼の間、次郎吉は下男に扮《ふん》してこの屋敷に入り込んでいた。宴に備えて庭木や鉢植えの世話をするために雇われた、などと言ってごまかし抜いたという。

外に出ると、露《つゆ》を含んだ夜風がしっとりとしていた。

「行くぞ。裏庭だ。ああ、兄さんの声はでかいから、ここから先、なるたけしゃべるなよ」

合点承知《がってんしょうち》、と、将太は身振りでやってみせた。

宴は、中庭を望む座敷でおこなわれているらしい。縁側の障子や雨戸を開け放っているのだろう。ざわめきが裏庭のほうまで聞こえてくる。

手元に明かりがなくとも十分だった。屋敷から漏れてくる光がある。明かりを手にした奉公人ともすれ違う。裏庭に近づくと、さらに明るくなってきた。篝《かがり》火《び》が焚かれ、石灯籠《いしどうろう》にも明かりがともされているのだ。

明かりに照らされた真ん中に緋毛氈《ひもうせん》が敷かれ、その上に一鉢、花を咲かせた朝顔がある。夜のとばりの下では見分けづらいが、色はおそらく、朝顔によくある青だろう。竹ひごで作られた二重螺旋の仕立てに、蔓がしっかりと巻きついて伸びている。

何の変哲もない朝顔である。だが、真っ暗な空の下、灯火の中で咲いている。ただそれだけで、時の流れがねじれてしまったかのように感じられる。

次郎吉が見張り番の三人を順繰《じゅんぐ》りに指差した。

「細工なしで盗めりゃ楽だったんだが、やはりそうもいかねえ。今宵、この楠根邸の奉公人は大半が起きて働かされてらあ」

見張り番は、中間らしき若い男たちだ。あくびを嚙み殺したり、目をこすったりと、いかにも眠たげである。

次郎吉は手ぬぐいをほっかむりにすると、将太に「ついてこい」と合図して裏庭に進み出た。のっそりと振り向いた見張り番に、愛想よく言う。

「ご苦労さまでごぜえやす。殿のご命令で、そろそろほかの鉢も並べておくようにってぇことなんで」

ほかの鉢について、次郎吉はあらかじめ話を通してあったらしい。見張り番は怪しむことなく応じた。

「さようか。ようやくこの刻限になったか」

「おつらそうですね。ここは今から手前らがうろうろしやすんで、目が増えまさあ。顔を洗ってくるなり厠へ行ってくるなり、さっぱりしてこられたらいかがです？　殿がおいでになったときに、しゃきっとしてなけりゃあならんでしょう？」

「ああ、顔を洗うのはいいかもしれん。おい、おまえたちも行くか？」

見張り番の三人は手短に相談をし、二人が持ち場を離れた。残る一人は、ほかの者が戻り次第、顔を洗いに行くと言っている。

将太は、なるたけ声をひそめ、体を屈めて、次郎吉に耳打ちした。

「ほかの鉢の朝顔も、本当に咲いてるんですね？」

次郎吉はにやりとした。

「おうよ。銀坊の言うとおり、うまく咲いてくれたぜ。花ってのはおもしれえもんだ。さあ、とっとと運んでこよう。銀坊の知恵を無駄にしちゃいけねえ」

こっちだ、と次郎吉は将太を導いた。

暗がりのほうへ進んでいくと、小屋がある。庭仕事の道具でもしまってあるのだろう。

と、小屋の陰から、ひょこりと現れた人影が一つ。

「兄貴、あっしがちゃあんと見張っておきやしたぜ！　やっぱり兄貴は仙術使いなんですかい？　何の変哲もねえ朝顔が夜中に咲くなんて、信じられねえや！」

声の感じが若い。十五の銀児よりは上かもしれないが、二十にはなっていないだろう。

将太は思わず、まじまじと次郎吉を見やった。次郎吉はしかめっ面で将太を見返し、盛大なため息をついた。

「いや、ちょっと、何というか……妙なやつに懐かれちまってな……」

「妙なやつ？」

「まあ、とにかくだ。今は手が多いほうがいいだろ。あいつにも手伝わせて、急いで鉢を運んじまうぞ」

「はあ」

いつも自信満々で歯切れのいいしゃべり方をする次郎吉が、歯にものの詰まったような調子だ。釈然《しゃくぜん》としない。将太のじっとりとしたまなざしに、次郎吉は額を手で覆《おお》って白状した。

「見られちまったんだよ。勝手口まで回るのが面倒になって、塀を飛び越えた。あたりも暗かったんで、誰もいねえだろうと思ってよ。ところが、いたんだよなあ、あいつ。下男仲間にいじめられて、庭の隅で隠れて泣きべそかいてやがって」

「正体がばれたんですか？」

「いや、ごまかした。塀を飛び越えたのも、見間違いだと言い張った。でもよぉ、聞きゃしねえんだよ、あいつ」

ひょろりとした若者は、次郎吉に抱きつきそうな勢いで飛んでくると、愛想よく将太に名乗った。

「あっしは次郎吉兄貴の弟分の、種彦《たねひこ》ってんです。兄貴のためなら、あっし、何でもお手伝いしやす！」

犬なら尻尾《しっぽ》を振っているだろう。頬や唇の端に傷があるのは、下男仲間にいじめられていたという件のせいだろうか。喉が嗄《か》れているのか、語気は明るく勢いがあるが、声そのものはかすれている。

それにしても、種彦の目は幼い子供のようにきらきらしている。そんな目で見つめられると、将太でさえ居心地が悪くなる。何しろ、尾花家の中間のふりをして楠根邸に潜り込み、今度は楠根家の下男のふりをして小細工を弄《ろう》しようとしているのだ。

「朝顔の鉢を裏庭に運ぶんですよね！　へへっ、あっし、こう見えて力が強いほうなんですよ！」

嬉しそうな種彦に、次郎吉は面倒そうに言った。

「ちったぁ黙って仕事をしろ」

「へーい」

跳びはねるようにして小屋へ向かう種彦の、尻っ端折りにして剝き出しの細い脚には晒《さらし》が巻かれている。その布の白さが妙に将太の目を惹いた。

六

宴もたけなわとなってきた。琢馬は、すぐそばでおとなしくしている銀児を気遣った。

「眠たくはないか？」

「おいらは平気。将太先生は大丈夫かな？」

「次郎吉さんと一緒なんだ。ちゃんとやってくれているさ」

そのときである。

楠根がのたりと立ち上がった。両目が離れ、口が大きいという独特な顔立ちである。齢《よわい》三十五というわりに、でっぷりと太っており、血色が悪く、顔じゅうに吹き出物ができている。どうも健《すこ》やかそうには見えない。

宴が始まったばかりの頃、琢馬が楠根について「蛙《かえる》に似た顔だね」と耳打ちすると、銀児はくくっと笑ってから冷静に言った。ほっそりして色がきれいな雨蛙じゃなくて、ガマとも呼ばれる蟇蛙《ひきがえる》のほうだね、と。そして改めてじっくりと楠根を見て、蟇蛙ほどかわいくないな、とも言った。

立ち上がった楠根は手を打ち鳴らした。皆の目が己に向かったのを確かめ、にたりと笑った。

「さあさあ、皆の待ちかねた刻限になりましたぞ。今宵のお楽しみです。花を愛でにまいりましょう」

おお、と喜びのどよめきが起こった。客は三十人ほどいるだろう。十六畳の広間を二つぶち抜いてつくられた宴席は、あちこちに行灯がともされているために明るいが、火が多いぶん暑くもある。

酒に酔った旗本たちが座を立った。琢馬と銀児もそれにならう。

たまたま隣に来た五十絡みの男が言った。

「先ほど用人どのが申しておったそうだが、今日になって、十いくつも追加で、珍しい花を仕入れたのだとか。たまには当たりくじが多いというのも悪くはあるまい」

「ええ、私もそのように耳に入れましたよ。少ない獲物を狙って競《きそ》い合い、当たりがなかなか出ないのも一興ですが」

「ほう、若い者は血気が盛んなものよ」

「いえいえ、さようなことは」

しれっと話に乗ってみせるが、芝居である。追加の鉢について宴席の旗本たちに広めたのは、楠根家の用人ではない。琢馬自身が、「用人が申していたそうですが」という一言を枕にして、それとなくほかの者に吹き込んだのだ。

偽の噂を広めるのはうまくいった。楠根自身の耳にもその噂が届いたかもしれないが、見栄っ張りな男である。「いや、拙者《せっしゃ》が手に入れたのは一鉢のみである」などと言明するはずもない。

琢馬はまた一方で、適当にあいづちを打ったりお酌をしてやったりするうちに、鉢植えの花や盆栽《ぼんさい》を巡る賭け事の全貌《ぜんぼう》もつかんでいた。

楠根の開く庚申待ちの宴では、その賭け事は「くじ」と呼ばれている。次郎吉が当てずっぽうに言っていたとおり、富くじのように、番号の書かれた札を買うのだ。

宴に集まった旗本は、一口いくらで何枚も、何十枚も、くじの札を買う。夜明けが近づく頃になって、当たりの番号が明らかにされる。当たっていれば、花を持って帰ることができる。

「博打と呼ぶには、ちょっと弱い。花を愛でるための講《こう》の一種だと言い張られたら、それで押し通されてしまうだろうな」

とはいえ、毎度ずいぶんと盛り上がり、歓声を上げる者もあれば頭を抱えて嘆く者もあり、天と地の差で大騒ぎをするという。そうまで興奮するのなら、やはり賭け事の一種と呼んで差し支えないのではないか。

巧みに話を引き出す琢馬の傍らで、銀児は居心地が悪そうに口元をもぞもぞさせている。こんな場に引っ張り出して申し訳ないが、留守番をさせるわけにはいかなかった。

今日の策の要《かなめ》は、何と言っても銀児なのだ。

一昨日《おととい》、将太も交えて策を練ったときのことだ。

まず次郎吉が口を開いた。

「悪徳旗本は、ほかの鉢の中に夜咲きの朝顔を紛れ込ませて、くすねていったんだろう？　手慣れていやがる。胸くそ悪いよな。だから、同じ手口でやり返してやろうぜ」

「同じ手口？　どうするんです？」

将太が問うと、次郎吉はちょっと粗雑な答えを出した。

「偽物をたくさん用意して目を欺《あざむ》くのさ。朝に咲く朝顔の鉢に、偽の花をくっつけちまえば、遠目にはわかるまいよ。しかも夜だ。偽物をずらっと並べて目を欺き、それに紛れて本物を持ち去るってのはどうだ？」

しかし、どれほどうまく細工できた偽物の花でも、触れられれば、本物でないことがすぐに露見するだろう。朝顔の花びらは薄くて柔らかい。布や紙では、あの花びらを模《も》すのは難しい。

琢馬は、駄目だろうと思いつつ、一応提案してみた。

「夕顔の花に色を塗って、ごまかせないだろうか？　夕顔はへちまの仲間だから、蔓や葉の姿まで含めると、朝顔とはずいぶん違うものだが」

銀児が小首をかしげた。

「花びらに色をつけるのは、紙に色を塗るのと同じようにはいかないよ。ちょっと難しい」

「そうだろうな。いや、わかってはいるんだ。夕顔の花びらは、朝顔と違って、縁がくしゃくしゃと縮れている。その違いにも、気づく者はすぐに気づくだろう」

銀児が別の案を出した。

「朝顔を咲かせたらいいんじゃない？　朝顔は、騙《だま》せるんだよ。真っ暗なところにしばらく置いておくと、夜だと勘違いして、時でもないときに次の花を咲かせるの」

えっ、と大人たちは皆、仰天《ぎょうてん》して声を揃えた。

「銀坊よ、朝顔を夜に咲かせることができるってのか？」

「できるよ。仁兵衛先生に教わって、おいらもやってみたことがあるもの。朝顔は、日が沈んでから四刻（約八時間）から五刻（約十時間）後に花が咲くみたい。だから、夜が長くなってきた秋に咲く朝顔は、夏の頃より早起きなんだ」

「真っ暗なところに置いとくってのは、何刻くらいの間だ？」

「仁兵衛先生は、三刻もあれば十分だって言ってた」

「暗くして四刻から五刻後に、花が咲くんだな？　朝でもねえのに、朝顔の花が」

「そうだよ。だから、そのことを知っていたら、夜に朝顔が咲いているくらいでは、あんまり珍しいとも思わないんじゃないかな。仁兵衛先生が珍しがって調べようとしているのは、あの朝顔が本物の夜咲きだからなんだ」

「いや、そんなもん、誰も知らねえよ。夜に朝顔が咲いてりゃ、何も疑うことなく、珍しい朝顔だなあと驚くさ。そうだろ？」

次郎吉に投げかけられ、琢馬はうなずいた。とぼけた人柄のわりに物知りの将太も、聞いたことがなかったようで、目を丸くしていた。

朝顔の扱いについて、銀児にいくつか確かめた次郎吉は、その翌日、すなわち昨日のうちから楠根の屋敷に潜り込み、朝に咲く朝顔を騙す手筈《てはず》を整えてきた。

「普通の朝顔も、変化朝顔ってやつも、やたら大輪のやつも、いろんな鉢のやつがあったぜ。夜咲きの本物は見張りがついていた。鉢を抱えちゃ走れもしねぇし、今日盗むのは無理だった」

ゆえに、やはり庚申待ちの宴を狙おうということになった。

次郎吉は今日も朝から楠根家の下男のふりをして働いていた。大きさや育ち方が本物の夜咲きの朝顔と似通ったもの、十数鉢を小屋に入れ、夜を装って騙すのだ。

「それだけの仕事をあなたひとりに任せて、大変だろう？」

琢馬は気遣ったが、次郎吉はひらひらと手を振った。

「何てことねえよ。庭師に化けることも多いんで、草木の扱いはそれなりに慣れてらあ。このくそ暑い中、朝顔の世話をやりたがる変わり者の下男なんて、ほかにいねえだろうし……いや、だが、うぅむ……」

威勢のよかった次郎吉だが、途中で微妙な顔をして呻った。

「何か問題でも？」

「問題ってほどでもねえんだが……妙なやつに懐かれてな」

「妙なやつ？」

「正体を見破られちゃいねえはずだ。しかし、何というか……」

そのときは歯切れの悪い様子だったものの、宴の前に合流し、尾花家の中間に扮したときには、仕掛けは上々だと胸を張っていた。

琢馬も銀児も、次郎吉の仕事ぶりを信じるだけである。信じるに足る相手だ。次郎吉がしくじったことなど、今まで一度もなかったのだから。

裏庭は、篝火や石灯籠に照らされ、昼間のように明るかった。真ん中に緋毛氈が敷かれ、そこに十数鉢の朝顔が並べられている。

「本当に咲いているな」

琢馬がささやくと、銀児もほっとした様子でうなずいた。

「さすが次郎吉さんだね」

旗本たちは皆、驚きの声を上げていた。

「おお、まさしく！　確かに夜咲きの朝顔なるものがここに！」

楠根が怪訝そうな顔をした。傍らの用人に目配せをしたが、用人は引きつった顔で首をかしげるばかりだ。

だが、目の前には確かに、真夜中であるにもかかわらず、十数鉢の朝顔が見事に咲いている。

楠根は気を取り直した様子で、にこやかに言い放った。

「こたび用意したのは、世にも珍しい夜咲きの朝顔である。夕顔ではないぞ。ここに集まっておる皆々さまには見分けられよう！」

銀児がいかにも眠たそうに間延びした声で言った。

「夕顔は、へちまの仲間。葉や蔓の形がまったく違うし、白い花を咲かせるよ。朝顔みたいな青いのは咲かない。花びらには文目《あやめ》模様があって、少し縮れて、縁がひらひらしてる」

そばでそれを聞いていた旗本たちが、納得した様子で幾度もうなずいている。

楠根も機嫌よく応じた。

「さよう、その花好きな坊やの言うとおり、これは朝顔なのだ。どうだね、坊や。楽しみにしておった、夜咲きの朝顔だぞ。眠たいのをこらえておった甲斐があっただろう？」

「はい」

銀児はこっくりとうなずいてから、大きなあくびをしてみせた。立ったまま、舟を漕《こ》ぎそうになる。すかさず気づいたふりをして、琢馬は銀児の顔をのぞき込む。

「念願の朝顔を目にできて、安心して眠くなってしまったか？」

「うん。叔父上《おじ》、ごめんなさい」

「いや、仕方がない。こんなに遅くまで大人の宴に付き合わせて、すまなかった。楠根さま、甥を休ませねばなりませんので、中座をお許しください」

楠根は鷹揚《おうよう》そうにうなずいた。

「おお、さようか。横になるための部屋も用意しておるゆえ、そのへんの女中にでも尋ねなさい。夜更かしは、子供の身にはよろしくないな」

では、と舌なめずりをするような顔で、隣の旗本が言った。

「くじ札を買う者が一人減ったということで、よろしいか？」

琢馬は涼しい顔で応じてみせた。

「ええ、残念ながら、私はこれでお暇《いとま》しますゆえ」

琢馬は銀児に背中を向け、負ぶさるよう告げた。えっ、と銀児はまごついたが、無理やり引き寄せるようにして背負う。

「た……お、叔父上、こんなの、赤ん坊みたいだ」

「たまにはいいだろう？　いずれこうして甘えさせることもできなくなるんだ」

本物の甥っ子にも、こんなふうに振る舞ってやれたらよいのかもしれない。兄の忘れ形見のことを思いながら、琢馬は銀児の重みを背中に感じている。十五のわりには華奢《きやしや》かもしれない。

「まだまだこれから伸びるかな？」

独《ひと》り言《ご》ちると、琢馬は旗本たちに背を向けた。

七

旗本たちが「花だ、くじだ」と沸《わ》き立ち始めたとき、本物の夜咲きの朝顔は、とうに裏庭から消えていた。見張り番の中間が一人きりでぼんやりしていた隙をつき、次郎吉の指図で将太が素早く運び出していたのだ。

裏庭の真ん中、緋毛氈を敷いた上には、ずらりと朝顔の鉢が並んでいる。本物が消え、偽物ばかりになっているなど、誰が思い描くだろうか。

一仕事終えた次郎吉は、実に痛快そうだ。

しかしながら、次郎吉にも不測のことだって起こりうる。将太に夜咲きの朝顔の鉢を抱えさせ、めったに誰も使わない裏口を通って暗い夜道に出た、まさにそのときだった。

次郎吉が何かの気配に勘づいた様子で、はっと身構えながら振り向いた。そしてすぐさま脱力する。

「兄貴、その鉢、運ぶんなら手伝いやす！」

目をきらきらさせた妙なやつが、細い手足をぱたぱたと大慌てで動かして、追いついてきたのだ。

「た、種彦……」

「ああっ、次郎吉兄貴が初めてあっしの名前を呼んでくれた！　嬉しいっ」

かすれ声を弾ませ、ぴょんぴょん跳びはねる。やかましそうな動きのわりに、立てる物音はひっそりとしている。目方が軽いせいだろうか。きらきらの目で見つめられると、どうも邪険《じゃけん》にしづらい。

次郎吉は苦虫《にがむし》を嚙み潰したような顔をして、種彦に告げた。

「跳ぶな、弾むな、じっとしやがれ」

「へい、兄貴」

「どうしてついてくるんだ？」

「だって、次郎吉兄貴はあっしのこと殴ってこねえんですもん。投げ飛ばしたり首を絞めたりしねえどころか、怪我《けが》の手当てまでしてくれたじゃねえですか。あっし、そういう人に初めて出会ったんですもん。嬉しくなっちまったんです」

種彦はけろりと言ってのけた。が、何とも悲惨《ひさん》な話である。

「おまえ、身寄りがねえのか」

「ねえです。学もねえし、金もねえんでさあ」

「下男として奉公してきたんなら、金はあるだろ」

「あるはずですよねえ」

種彦は無邪気に首をかしげた。

下男仲間にいじめられていた、と次郎吉も言っていた。奉公して得たはずの給金が見当たらないのも、顔に傷があるのも、声が妙にかすれているのも、脚に晒が巻かれているのも、そういうわけなのだろう。

次郎吉は、はあああ、と大きなため息をついて歩きだした。

「行くぞ。こういうのは、無事に帰り着くまでが仕事だ」

鉢を抱えた将太は、次郎吉について歩きだす。種彦もまた歩を進める。次郎吉は種彦をちらりと見やったが、何も言わない。

そうだろうな、と将太は思う。次郎吉は面倒見がよい。甘い人間ではないが、弱い者を突き放したりなどしない。助けを必要とする者には報《むく》いてやりたいという信念を、腹の底に抱えているらしく見える。

楠根邸から漏れてくる明かりを頼りに、暗い道を進んでいくと、銀児を背負った琢馬が長屋門《ながやもん》から出てくるところだった。

当たり前の顔をして合流し、門を守る中間に会釈《えしやく》をして帰路に就く。中の様子を知らない中間の目には、将太の抱える鉢は、くじの戦利品に見えたのだろう。咎《とが》められはしなかった。

将太は、琢馬の背にある銀児の顔をのぞき込んだ。

「本当に眠っている？」

「ええ、ぐっすりと。気を張っていたせいで疲れたんでしょう」

「重たくありませんか？　俺、代わりましょうか？」

「大丈夫ですよ。もうしばらく、優しい叔父のふりをさせてください。ところで、次郎吉さん？」

皆まで言わないものの、種彦に向けられる琢馬のまなざしが雄弁に「後ろにくっついているそいつは誰だ？」と問うている。

種彦は例によってきらきらとした目で次郎吉を見つめた。

「旦那と坊にゃ後で話す」

次郎吉は短く答えて、むっつりと口を閉ざした。

この後は、内神田と小川町《おがわまち》の境あたりにある琢馬の屋敷で朝まで休ませてもらう手筈《てはず》だ。楠根の屋敷は番町《ばんちょう》の半蔵御門《はんぞうごもん》近くだったので、お堀のまわりを迂回《うかい》する道のりは、一里近くになるだろう。

旗本屋敷の立ち並ぶ番町は静まりかえっている。

将太は自分の声が妙に響いてしまうのが気になって、黙りこくって歩いた。足音もまた、将太のものが最も響いている。次郎吉と種彦の足音は実に軽い。武士と町人では、歩き方も立ち方も、根っこのところから違うらしい。

何だか、とんでもない夜だった。

夜咲きの朝顔の鉢は、隙を見てこっそりと仁兵衛のもとに届けるという。再び楠根に狙われないように隠して育てろ、と記した書付《かきつけ》も添えておく。

今宵、くじに興じている旗本連中は、金を注ぎ込んで得たものが何の変哲もない朝咲きの朝顔だと、二、三日中には知ることになる。万が一、訴えを上げる者が出ても、きっと楠根が握り潰すだろう、というのが琢馬の読みだ。

しかし、握り潰して終わりとはいかないかもしれない。琢馬は、楠根の花泥棒と賭博を告発する匿名の文を数か所に投げ込んだらしい。

「旗本同士の足の引っ張り合いがますます醜さを増すことだろうな。さて、これからどうなることやら」

そんなふうにうそぶいて、人の悪い笑みを浮かべている。

これが蝙蝠小僧のやり方なのだ。

とてもじゃないが、俺にはできないやり方だ、と将太は思う。

眠っている銀児をそっと見やる。小柄で言葉が拙《つたな》く、のんびり者だった教え子が、とんでもない男に育ちつつある。もうちょっとの間、かわいいままでいてくれないかな、とも思ってしまう。

番町を離れ、九段坂《くだんざか》を下って俎橋《まないたばし》を渡ったあたりで、夜風の匂いが少し変わった。いい匂いがする。

琢馬が鼻をひくつかせてみせた。

「夜鷹蕎麦《よたかそば》の屋台が出ているみたいだ。出汁《だし》の匂いがする」

蕎麦、と聞いた途端に、将太の腹が鳴った。種彦が噴き出す。次郎吉も、笑ってしまいそうな口元をむずむずさせている。

将太は、頬に流れる汗を肩口にこすりつけた。

「鉢を抱えているせいで、喉が乾くし腹も減ってきてしまって」

琢馬は喉の奥でくすくすと笑った。

「屋敷に戻ったら、軽くつまめる料理を用意してありますよ。夜鷹蕎麦もなかなか、おつなものですが」

今でこそ品のいい旗本の姿をしている琢馬だが、若い時分には浅草《あさくさ》界隈で遊んで暮らしていたという。おかげで世慣れていて、いつでも余裕たっぷりな様子が、何とも粋で格好がいい。

蒸し暑い夜だ。

行く手で夜鷹蕎麦の屋台がひっそりと明かりをともしている。腹の虫が大騒ぎしてしまう匂いの中、丸めた蓆《むしろ》を抱えた女が屋台に「ご馳走《ちそう》さん」と声を掛け、けだるげに離れていった。

第三話　犬も食わぬというけれど

一

「ごめんくださいまし。千紘さん、お久しぶりです」

唐突《とうとつ》に菊香《きくか》が勇源堂に顔を出したのは、七月十日の昼八つ半（午後三時頃）を過ぎた頃だった。

将太は、千紘とともに片づけや掃除をしているところだった。あまりに急な菊香の来訪に驚いて、手にしていた紙の束をばさばさと取り落としてしまう。

「うわ、しまった」

「んもう、何をやっているのよ」

千紘に呆れられながら、将太は慌てて紙を拾い集める。

菊香はおっとりと微笑んで履物を脱ぎ、三和土《たたき》を上がった。

「お手伝いしますね」

言いながら、さっさと手を動かし始めている。

庭のほうから、そよそよと風が吹き込んできた。菊香が着物に焚《た》き染《し》めているくちなしの香りが、将太の鼻をくすぐった。

菊香は、勇源堂の先代の師匠であった白瀧勇実《しらたきいさみ》の妻だ。千紘にとっては兄嫁であり、以前からの親友でもある。

勇実は去年の五月まで、勇源堂の建つ矢島家の隣、すなわち今の直之介の屋敷に住んでいた。今は湯島《ゆしま》に屋敷を拝領し、昌平坂《しょうへいざか》学問所で漢学の教導《きょうどう》の任に就いている。

むろん菊香も湯島に越していった。独り身であった頃は、実家のある八丁堀《はっちょうぼり》からたびたび顔を出していたが、所帯を持ってからはそう頻繁《ひんぱん》に出歩けるわけでもない。

「菊香さんがこっちに来るのは久しぶりよね。お正月以来かしら。今日はまた一体どうしたの？　そういえば、一人？」

処暑《しょしょ》を迎え、そろそろ暑さの盛りを過ぎる頃のはずだが、今日はまだ真夏のような日和《ひより》である。

菊香は首筋の汗を手ぬぐいで拭った。

「一人でまいりました。千紘さん、しばらく矢島さまのお屋敷に泊めていただいてもよろしいかしら？」

えっ、と、将太と千紘の声が重なった。思わず将太は問うた。

「もしかして、勇実先生と喧嘩でもしたんですか？」

菊香はにっこりと微笑んで小首をかしげた。口は開かない。

まつげの長いのが目を惹く、美しい人だ。ほっそりとした体つきだが、幼い頃から鍛えてあるらしく、何気ない立ち姿さえ美しい。

勇実がここで教えていた頃、筆子は男の子ばかりだった。だから、本人たちには内緒で、どちら贔屓《びいき》なのか論じ合っていたものだ。元気いっぱいでかわいい千紘か、物静かだが凛《りん》とした美人の菊香か。

一応は大人であるはずの将太も、筆子たちから仲間とみなされ、内緒話に付き合わされていた。

将太にとって、幼馴染みの千紘は姉のようなもので、好みだの贔屓だのという話となると、はっきり言って論外だ。実は、将太には、二つ年上の菊香に憧れていた時期がある。

菊香さんは勇実先生に嫁いでからますますきれいになった、と将太は感じていた。どこか寂しげな影をまとっていたのが、輝かんばかりに明るくなった。心から笑えるようになっていたのだ。

しかし、今目の前にある菊香の笑顔はどうだ。

「やっぱり、何かあったんじゃないですか？」

「何でもありませんよ。ほら、片づけの手が止まっていますよ」

「あ、手伝わせてしまって、すみません」

将太が取り落として散らかした紙の束は、筆子たちが七夕《たなばた》にしたためた書だ。七夕には芸事や手習いの上達を願う習わしがある。それで、願い事などを半紙《はんし》に書かせてみたのだ。

千紘が将太に目配せをした。

「将太さん、ここはわたしと菊香さんに任せて、剣の稽古に行っていいわよ。菊香さんが来てるってこと、龍治さんに伝えておいて」

「お、おう。じゃあ、ここはよろしくな」

将太は腰を浮かせた。

きっと千紘は菊香のことで早く手を打ちたいのだろう。龍治に伝えれば、何かいい知恵を出してくれるのではないか。

しかし、何と伝えればいい？　菊香さんがいきなり現れたが、何となく様子がおかしい、とでも言えばいいのか。

道場で滝のような汗を流していた龍治に、将太は正直な言葉で伝えてみた。

龍治は目を丸くして聞いていたが、まるで自分が失敗したかのように、額を打った。

「勇実さんが何かやらかしたのか？」

結局その晩、菊香はそのまま矢島家に泊まることになった。わけを尋ねても、菊香は微笑むばかりで答えようとしなかった。


将太は、後ろ髪を引かれるような心地で帰路に就いた。

と、大平家の屋敷の門前に、家紋の入った乗物が寄せられている。

「父上だ」

提灯の明かりの中、理世と母が揃って出迎えている。理世の明るい声、はきはきとした口ぶりが、離れていてさえ、将太の耳を心地よくくすぐった。

二月ほど前に話して以来、将太は父を避け続けている。父もまた将太をつかまえて説教を始めようとはしない。

だが、投げかけられた問いはずしりと重たく、ふとしたときに立ち現れる。

「おまえは何を望んでおるのか、か」

不意に後ろから声を掛けられた。

「そんなところで突っ立って、どうした？」

将太は跳び上がりながら振り向いた。

「臣次郎兄上……」

「そう驚くこともないだろう。ああ、父上と顔を合わせたくないから、突っ立ってやり過ごそうとしていたわけか。おまえは相変わらず、父上がおっかないんだな」

「それは……」

「まあ、無理もない。俺も父上のことはおっかないと思ってしまう。いや、父上に対して後ろめたいというのが正しいかな。俺は兄上のようにはいかない。父上の期待に、うまく応えられないからなあ」

余裕のある顔をして何事もこなす臣次郎が、何を言うのか。目を見張った将太に、臣次郎はふっと笑って話を変えた。

「仁兵衛さんの夜咲き朝顔、戻ってきたそうだな。ほかの朝顔から離れたところに隠して育てていたぞ。将太が何か仕組んだんだろう？」

「し、仕組んだというほどのことはしていない。ただ、そういう問題に詳しい人に相談しただけだ」

「そういうことにしておこう。仁兵衛さんも、終わったことだから、もうどうでもいいらしい。この時季は完全に朝顔のことで頭がいっぱいなんだ」

「それならよかった。まだしばらくは暑い日が続くから、朝顔の世話も大変だろうな」

「あんなふうに、生涯をかけて打ち込めるものと出会えたら幸せだ。翻《ひるがえ》って、俺はいつまで医者でいられるんだろうな。向いていないわけじゃあない。ただ、今のままでは物足りなくてな。学びたいことがどんどん見えてきて、困ったもんだね」

将太は臣次郎と向き合った。まるっきり違う生き方をする、手の届かない人だと思っていたのが、唐突に身近に感じられた。そのことに戸惑いながら、口を開いた。

「臣次郎兄上は、医術を学び直して、蘭方医になりたいのか？」

蘭方医術、すなわちオランダ渡りの医術は、日の本で中心とされる漢方医術とは、考え方の根本から違うという。腑分《ふわ》けといって、亡骸《なきがら》の腹を割いて臓腑《ぞうふ》のありかを学んだりもすると聞く。

「そう言い切ることはできないな。まずは蘭方医術を学んでみたい、というところさ。学んでみなければ、俺が今、漢方医術に対して感じている疑問や違和、あるいはじれったさが正しいのかどうかもわからない」

「学んでみたい、か」

「江戸では無理だろうな。大平家は漢方医術の家柄だと知られている。俺が蘭方医術の教えを乞うても、間者《かんじゃ》扱いされるだけだ。入門など許されない。では、どうするか」

こんなにもあけすけに語る臣次郎を、将太は今まで知らなかった。涼しい顔の下で何を考えていたのかも、今初めて知った。

「兄上は長崎に行きたいのか？　仁兵衛さんとあの後も会っているようだが、その相談を？」

「まあな。霖五郎さんとも会って、京や大坂の事情も聞いている。やはり、最も気兼ねなく学べるのは長崎のようだな。誰それの弟子筋であるとか、もとはどこの学派だとか、そういうものに縛られずに済みそうだ」

「本気なんだな」

臣次郎は笑った。頰に縦長のえくぼができる。生き生きと語れば、太く形のいい眉がよく動く。

「将太、おまえは仲間たちとともに、自由闊達な学びの場をつくりたいんだろう？　いい志《こころざし》だと思う。むちゃくちゃな志だがな。俺もその学びの場を楽しみにしているが、待ってはいられないんだ」

「だから、どこかへ学びに行く？　長崎への遊学を考えている？」

「そう。来年、俺は三十になる。いい頃合いだ。医者としての経験も、これから新しいことを学べるだけの体力もある。いったん江戸を離れる、大平家を離れるっていうのも、悪くない道だ」

「だが、臣次郎兄上が大平家を離れたら、きっと手が足りなくなる。父上や丞庵兄上は、今の話を聞いたら、びっくりするだろう。困ると言いだすかもしれない」

「俺の代わりが務まる医者なら、いくらでもとは言わんが、江戸には必ずいるさ。その中には俺と同じ年頃の、それなりに見目のいい医者だっていると思うんだがな。叔父上も頭が固い」

「叔父上？　亀戸の叔父上のことか？」

亀戸の別邸は、いわば大平家の分家だ。こちらも医者の一家として江戸でよく知られている。叔父には娘が一人いる。つまり、将太や臣次郎にとって従妹《いとこ》にあたるが、今年で確か十五だったか。

将太は、亀戸の叔父や従妹とはずいぶん顔を合わせていない。理世から聞いたところによると、臣次郎が亀戸の家を継ぐ話が上がっているらしい。おそらく、従妹と所帯を持ってということだ。

「兄上も亀戸の叔父上とはうまくいっていないのか？」

「まあな。俺には務まらない役目を押しつけようとする。どうしてもできないことだと幾度言っても……」

そこで臣次郎は言葉を切った。

軽やかな足音が近づいてくる。振り向くと、理世がこちらへ駆けてくるところだ。

「兄上さまたち、こんなところで立ち話ですか？」

臣次郎が応じた。

「日が落ちて、いくらか涼しい風が吹いていたものだからさ。しかし、そろそろ帰ろうか、将太」

うなずいて歩きだしたところで、将太はふと思い出し、理世に告げた。

「理世、明日は暇があるか？　都合がつくなら相談に乗ってほしい、と千紘さんが言っていた。実は、どういうわけか、菊香さんが一人で矢島家を訪れているんだ。今夜は泊まっていくらしい」

このところ不機嫌続きで目を合わせてくれない理世が、菊香の名を聞いて驚いた弾みで、まっすぐ将太のほうを向いてくれた。

「菊香さんが？　急にいらっしゃったんですか？」

「ああ。いきなりだ。わけがあるに違いないんだが、誰が尋ねても答えてくれなくて、難儀している」

「おかしな話ですね」

臣次郎が首をかしげているので、将太は菊香が勇実の妻であることを手短に告げた。

「なるほど、勇実さんが独り身の頃に長らく想いを寄せていたという、その相手か。念願叶《かな》って所帯を持って、幸せいっぱいだと聞いていたが」

理世は難しげな顔をした。

「どうしたんでしょうね、菊香さん。心配です。明日、矢島さまのお屋敷に顔を出してみますね」

「うん、よろしく頼む」

しゃべりながら歩くうち、門前に至った。

久しぶりに理世とまともに話せた。臣次郎がいてくれたおかげだろうか。それとも、将太が気にしすぎていただけで、理世はそんなに怒っていなかったのだろうか。

臣次郎もだが、理世もまた難しい。同じ屋根の下で暮らしているだけでは、家族が何を考えているかなど、ちっともわからない。

二

今日は菊香がいるというので、勇源堂の筆子は皆、朝からそわそわしどおしだった。

特に、もともと菊香に憧れを抱いていた男の子たちである。炭団《たどん》売りの子の丹《たん》次郎《じろう》は、菊香に「おはようございます」と微笑みかけられ、真っ赤になって固まってしまった。それからずっと、にやついたり頭を抱えたり悶《もだ》えたりと忙しかった。

同じく菊香贔屓の十蔵《じゅうぞう》は、かわいい顔とは裏腹に過激なところがある。この日もやはり「勇実先生の野郎、きっと悪いことをしたに違いねえ！」と、今にも湯島の勇実のもとへ攻め込んでいきそうな勢いだったので、将太が懸命になだめた。

近所の御家人の娘である十三の桐《きり》は、菊香の立ち居振る舞いの美しさにすっかり心酔し、「わたしも菊香さんみたいになりたい」と目を輝かせた。毎度のことながら、鳶《とび》の子の久助《ひさすけ》が「なれるもんかよ」とからかったので、騒々《そうぞう》しい喧嘩が始まってしまった。

矢島道場の門下生たちは、菊香に対して、筆子たちとはまた違った感情を抱いている。

かつて勇実が大怪我をして高熱を出し、寝ついていたとき、看病の指揮を執ったのが菊香だった。その手足となって働いた門下生たちは、菊香の芯の強さと冷静さに心服し、「大将」とあがめていた。

一方でまた、同門の仲間であった勇実の、表向きは穏やかなお人好しでありながら、その実こだわりが強くて頑固なところもよくわかっている。物知りで頭がいいのに、どこか抜けているのも、皆よく知っている。

「勇実さんは一体何をやらかして、あの辛抱強い大将を怒らせたんだ？」

恐ろしすぎて誰も訊けない。何事もすぱっと割り切ってしまう龍治でさえ、

「菊香さんの怒りを煽《あお》るのは怖い」と尻込みした。

理世は昼過ぎに矢島家にやって来たらしい。手習所をお開きにする昼八つ（午後二時頃）の頃には、理世と菊香は矢島家の縁側で仲良くしゃべりながら針仕事に勤《いそ》しんでいた。

独り身の門下生の針仕事は、矢島家の奥方である珠代《たまよ》や女中のお光《みつ》が請け負っている。今日、理世と菊香はその手伝いをしているらしい。

それから半刻（約一時間）ほどすると、凜々しく美しい若武者が、控えめな様子の若い娘を連れて、矢島家におとないを入れた。

菊香が、あっ、と驚いた顔をした。

「貞次郎《ていじろう》？　なぜここに？」

菊香の弟の亀岡《かめおか》貞次郎である。歳は十七。

すらりと背が伸び、肩幅も広くなって、ずいぶん大人びた。長いまつげが印象深い目元は菊香とも似ているが、すっと通った鼻筋に少し尖った顎、形のよい横

顔からはあどけなさが消えた。すでに一人前の武士として勤めに出ているとも聞く。

「昨日、龍治先生から知らせを受けたんだよ。姉上が急にやって来たけれど、わけを話してくれない。皆が心配している、どうしたものだろうか、と」

来客の気配を感じ取ったのか、龍治が道場から出てきた。筆子たちは直之介の屋敷に遊びに行ったようだ。あるいは、千紘が菊香のために気を利かせて、込み入った話が筆子たちの耳に入らないよう、矢島家の庭から追い払ったのかもしれない。

貞次郎の陰に隠れるようにしていた若い娘は、おずおずと菊香の前に出ると、頭を下げた。

「わたしが義姉上《あねうえ》さまのお部屋を使っているせいで、八丁堀のほうには戻ってこられずにいたのでしょう？　ご迷惑をお掛けして、申し訳ありません」

「琴音《ことね》、謝らなくていい」

貞次郎がそっと娘の肩に触れ、面《おもて》を上げさせた。名を呼んだので、ああ、と将太も合点した。

「なるほど、貞次郎さんの許婚《いいなずけ》か」

去年の勇実と菊香の祝言《しゅうげん》のとき、遠目に会釈をした程度だ。矢島道場の面々も気にしていたが、じろじろと眺めるわけにもいかず、言葉を交わす機会もなかった。

貞次郎と琴音の縁組が結ばれるきっかけは、一風変わっている。十五だった貞次郎は、とある旗本の姉妹ふたりと同時に見合いをすることになったのだ。控えめな姉と美人の妹、という組み合わせだった。結局、貞次郎は姉のほうを選んだ。美人の妹を振ったわけである。

決め手は何だったのかと尋ねてみれば、貞次郎は堂々と、照れもせずに答えた。手紙のやり取りを通して、その人柄に惹かれたのだという。勤めの帰りにわざと遠回りをし、偶然を装って琴音と会ったりもしていたらしい。

龍治が訳知り顔で話に加わった。

「お揃いで来てくれたか。いきなり祝言を挙げるんじゃなく、嫁入りする娘がしばらく嫁ぎ先で過ごすのも、そう珍しくはないもんな。娘が泣いて実家に帰ることもあるらしいが、亀岡家はうまくやっているみたいで、結構なことだ」

貞次郎が胸を張って答えた。

「もちろんですよ。琴音は早く実家から離れたほうがよかったんです。琴音は腹違いの妹がまたわがままな人で、琴音にとっては毒でしかなかった。祝言を挙げるのはもう少し先になりますけど、父も母も琴音を気に入っています」

菊香はやりかけの繕い物を置いて、庭に出てきた。しばらくぶりですね、と琴音に微笑みかける。

「わたしはただ、千紘さんたちの顔を見に本所に来ているだけですよ。琴音さんのせいで八丁堀の屋敷に帰れないだなんて、そんなことはありませんから、何も気を遣わないで」

「そうだよ、琴音。姉上は両親や私に内緒で家出したいものだから、矢島家にお邪魔しているだけなんだ。でしょう、姉上?」

うがったことを言う貞次郎に、菊香は黙って微笑むばかりだ。

千紘は勇源堂の縁側で、傍らに立つ将太を見上げた。

「話し合いの場を設けましょう。筆子たちは帰してしまったし、ここがいいと思うの。わたし、お茶の支度をするわ。冷ましておいた麦湯も、まだあったわね。将太さんは菊香さんたちを呼んできて」

「わかった」

将太は庭に出て、立ち話をする菊香と貞次郎、琴音のほうに近づいた。琴音が将太に会釈をする。将太も会釈を返し、貞次郎に「久しぶり」と声を掛けた。

「ああ、将太さん。久しぶりですね。私もなかなか本所のほうに顔を出せなくなってしまって」

「前はたびたび道場で汗を流したものだが」

「稽古は怠っていませんよ。そろそろ将太さんからも一本取れるんじゃないかな」

「取られてしまいそうだな。何しろ、俺は力が強くて疲れ知らずというだけだ。もともと、技の切れ味は貞次郎のほうが上だった」

初めて会った頃の貞次郎はまだ十三で線が細く、思い切りの足りないところがあった。踏み込む瞬間や竹刀《しない》を振り下ろす瞬間に、つい目をつぶってしまっていたのだ。しかし、最後までしっかりと相手を見据えておけるようになると、めきめき上達した。

その実、貞次郎はきっぱりとして気が強く、曲がったことを許しておけないたちだ。おとなしそうに見えるせいで舐《な》められる、と言って腹を立てていた頃もあったが、やられたらきっちりとやり返す。姉の菊香を庇《かば》って、格上の旗本を相手に大見得《おおみえ》を切ったこともある。

「ねえ、姉上。勇実先生と何かあったんでしょう？　答えないのが、その証ですよね。隠しても無駄ですよ。皆、心配しているんです。いい加減に事情を話してくださいよ」

弟だけあって遠慮のない物言いで菊香に詰め寄る。菊香は開き直ったように、ただ微笑むばかり。貞次郎がしつこく言葉を掛けるが、菊香は動じない。

そこで琴音が貞次郎の袖をそっと引いた。駄目、と言うように頭を左右に振る。

姉弟の根比べも、ここで一時中断である。千紘が菊香を呼んでいる。お茶にしましょう、という声に、菊香は素直に呼ばれていく。

琴音は菊香の後ろ姿を見送って、貞次郎に告げた。

「難しそうね。義姉上さまは、貞次郎さんの前では強くあろうとするから、何もしゃべってくれないと思う」

「やっぱりそうだよな」

「誰が話を聞いてあげればいいのか、わからないけれど」

「私は、琴音なら姉上から話を聞き出せると思うよ」

「そうかしら」

「少なくとも、私よりは向いている。もともと琴音のほうが聞き上手だし。私は、どうしても自分が自分がと前に出てしまうからな」

龍治が貞次郎を呼んだのは奥の手のつもりだったのだろうが、やはり難航している。将太は、渋い顔をしている二人に告げた。

「勇源堂でゆっくり話し合いをするといい、と千紘さんが言っている。まずは茶か麦湯でもどうかな？　八丁堀から歩いてきて、喉が渇いただろう？」

「いただきます」

貞次郎と琴音の声が重なった。貞次郎は楽しそうに笑い、琴音ははにかんだ笑みを浮かべてうつむいた。

将太もつられて笑ってしまう。

「仲がいいんだな」

「当然ですよ。ここに至るまでに、私と琴音、お互いにずいぶん頑張ったんですから」

貞次郎は胸を張って言い切った。

「そうか。頑張ったのか」

「ええ。聞き上手ではない私にとって、あんなに辛抱強く相手と向き合って言葉を待ち続けたのは初めてだったし、琴音も一生懸命に言葉を探して、思っていることや考えていることを口にしてくれた。琴音は、私とは何もかもまるで違う。でも私は、どうしてもわかり合いたかったんです」

琴音が言い添えた。

「わたしは弱虫で、恥ずかしい人間だから、せめて泣き言を人に聞かせたりなんかしないようにと、黙って生きてきたんです。それなのに、貞次郎さんは全部聞かせろと言う。初めは本当にどうしていいかわからなくて、ちょっと突き放してしまいました」

「そういうところが姉上に似ていると思った。姉上はね、やっぱり、弟の私ではどうにもしてあげられない。琴音がさっき言ったとおり、弟の前では強くあろうとする。だから、勇実先生が姉上を射止めてくれたとき、ほっとしたんだ。これで姉上も気が休まるのかなと思って」

「でも、こたびは勇実先生と何かあったみたいだぞ」

「でしょうね。まあ、私はお手上げですよ。琴音のほうがお役に立てます、きっと」

水を向けられた琴音は、遠慮がちに微笑んで小首をかしげた。

口さがない噂では「見合いの姉妹の地味なほう」であり、「美人じゃないほう」とのことだったが、琴音はきれいな娘だと将太は感じる。

たたずまいがきれいなのだ。楚々《そそ》としていながら、凛とした気品も感じさせる。琴音という名にふさわしく、声が心地よい。

ずばずばとものを言う貞次郎と本音で語り合い、通じ合うことができたくらいだから、芯も強い。琴音は自身を弱虫だと称したけれど、本当に弱いのであれば、貞次郎のまっすぐさに押し潰されてしまうだろう。

つい、将太はこぼしてしまった。

「許婚とうまくいっているようで、うらやましい。貞次郎と琴音さんは、まったく違う人柄だが、その違うところ同士がうまく嚙み合っているんだな。それに引き換え、俺は……」

貞次郎が好奇心を目に宿し、身を乗り出した。

「どういうことです？　将太さんのそういう話は初めて聞きますね。どんな相手との仲に悩んでいるんですか？　相手は、私の知らない人ですよね？」

「ああ、まあ……」

口ごもりながら、何となく理世の姿を求めてしまう。

理世は、矢島家の台所から盆を手にして出てきたところだ。切った瓜《うり》やら羊羹《ようかん》やらを勇源堂のほうへ運んでいる。

ちらりと理世もこちらを見た、ような気がした。否、気のせいかもしれない。

将太は、わくわくした目を向けてくる貞次郎と、その袖を引いてたしなめる琴音に白状した。

「答えを先延ばしにしているんだ。俺がその人の生涯を背負っていけるのか、そういう問いを突きつけられているんだが、向き合い方がよくわからなくてな」

「そんな言い方をするということは、家を通じての縁談ではなく、将太さん自身が口説《くど》かれているわけですか」

「まあ……そういうわけだが……いや、でも、互いの親も了解していることだ。親に隠れて、その、いかがわしいことをやっているわけではないぞ。そんなことは、断じて、まったく、してないんだからな」

むしろ、きっとできない。

おれんは、自分から将太に触れてくることはある。しなだれかかってくることもある。だが、将太が触れようとすると、体を強張らせる。

なぜそんなに怖がるのか。問うても、答えは得られない。

「訊かないで、と突っぱねられてしまうときは、どうすればいいんだろう？　訊くなという望みを受け入れるべきなのか。でも、答えを得られなければ前に進めないのだから、問い続けるべきなのか」

「一律に、こういうときはこうだ、と決めてかかるものではないと思いますけどね。将太さんが相手とどんな間柄でいたいかによるんじゃないですか？」

「相手との間柄か」

「何だか遠慮してません？　あ、いや、違う。将太さんはもともとだ。すごく遠慮するんですよ。勇実先生や龍治先生や道場の仲間みたいに長年の付き合いがあるとかでない限り、自分から間合いを詰めようとしない」

「そうかな？」

「そうですよ。相手のほうから来てくれるのを待ってます。幸か不幸か、将太さんはその体にその顔立ちでしょう。見目麗《みめうるわ》しい偉丈夫だから、待っているだけで、働きかけてもらえる。ほら、道場の人たちと箱根《はこね》に行ったときも、行く先々で、将太さんはいろんな人に声を掛けられてたじゃないですか」

言われてみれば、そんな気もしてくる。勇実や源三郎、龍治や与一郎《よいちろう》といった恩師の面々はむろんのこと、幼馴染みの千紘だとか、遊学先で親しくなった吾平や霖五郎だとか、古参の筆子である淳平《じゅんぺい》や久助たちなど、顔の思い浮かぶ人々は将太の世話を焼いてくれる。

将太のほうから一生懸命に働きかけた相手というのは、初めての教え子である安千代《やすちよ》と、長崎から来たばかりの頃の理世だ。

おれんは、助けを求めてきた。想いをぶつけてきた。だから、応えなくてはと焦っている。応え方がわからなくて、混乱している。

「貞次郎の言うとおりみたいだ。しかし、まいったな。じゃあ、どうすればいいんだろう？　ますますわからなくなってきた」

「すれ違っているんでしょう。将太さんに言い寄ってくる人がいる。応えることができたらいいと思う一方で、本命は別の人。けれど、将太さんはどちらに対しても、自分から働きかける道をよくわかっていない。どうです？」

見透かしたようなことを言う貞次郎に、どきりとさせられる。

おれんに応えることができればいい。でも、将太の心から理世が離れてくれない。だが、理世には杢之丞がいるし、杢之丞を友として応援したい気持ちもある。

「駄目だ。下手《へた》なことをすると、失うものが多すぎる」

千紘が勇源堂の縁側から声を上げた。

「ほら、おやつにしましょう！　早くいらっしゃい！」

にぎやかな筆子たちと張り合うようにして大声を出す毎日だから、千紘の喉は鍛えられている。実によく通る声だ。

将太と貞次郎と琴音がそちらへ向かおうとしたときだった。

矢島家の門から、懐かしい人が姿を現した。

「すまない、こちらに菊香さんは来ていないか？」

勇実である。将太たちにとって、お待ちかねの人だ。これで菊香の怒りの謎が解けるかもしれない。

貞次郎がほっと息をついた。

「迎えに来てくれるはずだと思ってましたよ」

暑がりで出不精《でぶしょう》な勇実だが、湯島から急いで飛んできたのだろう。汗みずくになっている。

「勇実先生、遅いですよ」

将太が苦情を言うと、勇実は頭を掻いた。

「昨日は勤めの絡みで、どうしても外せない宴があったんだ。終わって家に帰ってみたら、菊香さんがいなくて、ぞっとした。今日はもう急いで仕事を終わらせて、こちらへ飛んできた」

勇源堂の縁側に菊香が立った。千紘が背中を押して、そこに立たせたのだ。

ぱっと、勇実の顔が明るくなった。

「ああ、よかった！　やっぱりここだった」

勇実は菊香のところへ走って向かう。菊香は、張り詰めた面持ちで勇実を見つめている。勇実は菊香に手を差し伸べた。

「急にいなくなってしまうから、気が気ではありませんでしたよ。私が悪いことをしたのなら、直します。だから、わけを話して、戻ってきてもらえませんか？」

ひざまずいて許しを乞うて、縁側に立つ菊香を見上げている。

菊香は嘆息し、ぷいと勇実から顔を背けた。と思うと、土間に下りて下駄《げた》を履き、勝手口から外に出る。

皆が菊香の一挙手一投足《いっきよしゅいっとうそく》を見つめている。

勇実が、そのまま抱きしめるのではないかという勢いで、菊香のほうへ向かった。しかし菊香は、その腕をするりと躱《かわ》した。勢い余った勇実が目を見張る。

「き、菊香さん、どうしたんです？　何をそんなに怒っているんですか？」

哀れっぽい勇実に一瞥《いちべつ》もくれず、菊香はぼそりと言った。

「何度も申しましたのに」

ほんの一言だが、凄《すさ》まじく冷たい響きだ。

そして、いきなり菊香は駆けだした。将太も貞次郎も、すぐ脇を菊香がかすめていったのだが、女の足とは思えない速さに面食らって、つかまえそこねた。

菊香はやわらの術にも剣術にも優れている。幼い頃からそれらの稽古で鍛えられた足腰の強さは、嫁いだ今でも健在のようだ。

皆があっけにとられているうちに、菊香は門を飛び出していった。遠ざかる下駄の足音の拍子《ひようし》は、感心するほどに速い。

「待って！」

理世がすごい勢いで菊香を追いかけて走っていく。理世は理世で、幼い頃から舞を習っていたり長崎の坂を飛んで回ったりしていたので、なかなかの俊足である。

千紘がぱたぱたと追いかけながら、よく通る声を上げた。

「理世さん、わたしも行くから、菊香さんをつかまえておいて！」

わかりましたぁ、と理世の歌うような声が聞こえた。もうずいぶん遠い。

目の前で愛妻に逃げられてしまった勇実が、がっくりとうなだれた。縁側に腰掛けて成り行きを見守っていた龍治が、はだしで勇実のそばに降り立って、ぽんと背中を叩いた。

「とりあえず話を聞くから、瓜でもどうだ？　もっと腹にたまるもののほうがいいかな。菊香さんがいなくて、ろくなもんを食ってないんだろ？」

龍治が将太たちを手招きした。将太は、貞次郎と琴音と目を見交わして、龍治の手招きに応じた。

三

龍治の推測どおり、勇実は今朝からまともなものを食べていなかったらしい。さして食い意地の張っているほうでもないが、さすがに空腹だったと見え、瓜だけでなく、珠代が差し入れてくれた饅頭《まんじゅう》もありがたそうに頬張った。

人心地つくと、改めて勇実はしゅんとしおれてしまった。

「情けないことだが、菊香さんが何に悩んで出ていったのか、どうもわからない。書き置きが一応あったんだ。少し頭を冷やしとうございます、と」

「じゃあ、やはり菊香さんは怒っているわけだな」

龍治が顔をしかめた。胡坐の膝に頬杖《ほおづえ》をついた、いささか行儀の悪い格好だ。勇実のことを心配しているというより、呆れかえった顔をしている。

将太は勇実に訊いてみた。

「心当たりは本当にないんですか？　どんな些細《ささい》なことでも」

「なくはない。でも、菊香さんの言葉がどうにも要領を得ないというか、今ひとつわからなくて」

「さっき、菊香さんは『何度も申しましたのに』と言っていたでしょう？　何度もというのに引っかかったんですが、たびたび話し合いをしているんですか？」

「話し合いではないな。菊香さんが尋ねてくるんだ。私としては、訊かれれば毎度、答えを出しているつもりだが。たとえば『妻としてどうなのか』という問いには、私にはもったいないくらいの人です、あなたは天女《てんによ》のようですと答えている」

恥ずかしげもなく言い切る勇実に、琴音が「まあ」と目を見張って両手で口元を押さえた。龍治は頭痛を覚えているかのように顔をしかめたまま、それで、と続きを促した。

「菊香さんが問うてくるというのは、ほかには？」

「たとえば『もっと夫婦らしくできないか』というようなことを。だが、ではどういうふうにするのが望みなのかと問い返すと、口ごもってしまう。不満があるようなんだが、夫婦らしいことと言えば、毎夜きちんと甘やかしている……」

「言わんでいい！　ちょっと場をわきまえてくれ」

龍治が大きな声を上げ、勇実を止めてくれた。琴音が真っ赤になったのはもちろん、さすがの貞次郎も気まずそうに顔をしかめた。

将太は、取り成すつもりで割って入った。

「勇実先生と菊香さん、仲良くやっているように見えていましたよ。山あり谷ありで、いろいろあって一緒になったので、本当によかったなあと思っていたんですが」

龍治が腕組みをした。

「でも、所帯を持って一年余りになる。まわりから、子はまだかとせっつかれちゃいねえか？　いっとき、千紘はそれで機嫌が悪かった」

勇実はうなずいた。

「ないとは言わないよ。しかし、私としては、子ができようができまいが、どちらでもいいんだ」

「え？　待ってくれ。それはどういう意味だ？」

「龍治さんは道場があるから、跡継ぎが生まれてほしいだろう。しかし、私の今のお役は一代限りの約束だ。朱子学《しゅしがく》を教えるべき昌平坂学問所で、唐土の歴史を教えたり、それらに関する書物の整理や管理をしたりという、いわば雑事のようなお役だからな」

「いや、しかし、武家は代々血筋をつないでいくのが、東照宮《とうしょうぐう》の権現さまの頃以来の務めとされているじゃないか。跡継ぎは必要だろう？」

「学者の家は、そうとも言い切れない。もしも今のお役が一代限りでなく、代々のものになったとしても、お役を務めるにふさわしい才を持つ者に家門を継がせることになる。我が子であるかどうかは重要ではないんだ」

「ああ、なるほど。うぅん、確かにそうかもしれない。とはいえ、しかしだな……」

「もちろん、菊香さんとの間に子ができれば嬉しい。ただ、私は、できなくてもいいと割り切っている。いとしい菊香さんと一緒に暮らせるだけで満ち足りていて、幸せなんだ」

勇実は菊香のことを語るとき、目の輝きが変わる。何とも甘ったるい顔をするのだ。勇実が菊香に向ける慕情《ぼじょう》は疑いようがない。勇実がこうと言い切るのだから、子供の有無で離縁を取り沙汰《とざた》することもないだろう。

だが、しかし、とはいえ、それでも。

将太は唸ってしまった。龍治も苦虫を噛み潰したような顔をし続けている。

「なあ、勇実さん。子供云々《うんぬん》、跡継ぎ云々に関する勇実さんの考えは一応わかった。そういうこともあるかもしれんとは思う。でもな、そのこと、菊香さんは本当に納得しているのか?」

「むろん、ちゃんと話したとも」

「いや、話しただけで納得できるか? 傍《はた》で聞いてるぶんには、変わり者の勇実さんのことだから、またぞろ妙なことを考えていてもおかしくないな、と思えるよ。でも、菊香さんは当の本人だぞ。どういう気持ちなんだろう?」

琴音が身じろぎした。発言してよいのかどうか、と迷う様子だ。貞次郎がそっと背中を叩いて促してやると、琴音はおずおずと口を開いた。

「義姉上さまは、気を遣われているように感じているかもしれません。武家としては奇妙な論を持ち出してまで、不甲斐ない我が身を庇われてしまっている、と」

　勇実が慌てた顔をした。

「不甲斐ないだなんて。夫婦に子供ができないのは、夫の体のほうに問題がある場合だって、歴史を振り返ってみれば枚挙《まいきょ》にいとまがない。私のように高熱に浮かされる病を経ていれば、なおさらだ」

「ですが、義兄上さま、子を胎《はら》に宿して十月十日《とつきとおか》育てるのも、その子を産むのも女の務めですから、子ができない、あるいは子が流れたとなれば、女はやはり自分を責めてしまうものです。世間の人々もそんなふうに考えているでしょう」

「そ、そういうものなんだろうか」

　勇実は自信なげに、龍治のほうへまなざしを向けた。龍治は冷静な態度で応じた。

「そういうものなんだ。菊香さんと同じように、父御がお城の勤めに就いている旗本の娘御が、そんなふうに感じると言っているんだぞ。勇実さんの我が道を行くところは、俺は好きだがな。でも、もう少し、世間の目というものも知ったほうがいい。だろ、貞次郎？」

「はい。姉上は二度も縁談が反故《ほご》になって、世間から冷たい目を向けられてきたから、今度こそうまくやらなきゃと思っているんじゃないかな。姉上は、こうと決めたら梃子《てこ》でも動きませんからね。その道からそれることを姉上に納得させようと思ったら、もう必死になって頑張らないと駄目です」

貞次郎の口添えに、将太も龍治もうなずいた。芯が強いなどという生やさしい言葉では言い表せないくらいに、菊香「大将」は実に強く、剛《つよ》いのだ。

琴音が再び口を開いた。

「見当違いかもしれないんですが、もう一つ、気になっていることがあるんです。勇実先生は、義姉上さまより四つも年上なのですよね？」

「ああ、そのとおりだ。私は今年二十七で、菊香さんは二十三。それがどうかしたかな？」

「でしたら、なおさら……あの、同い年のわたしと貞次郎さんの間でも、言葉遣いの決まりをつくりました。わたしたち、まずは正直に考えを伝え合おうという約束になって、そのときに、もっと親しい仲のような言葉遣いをしましょう、と決めたんです」

控えめな琴音だが、貞次郎に対しては砕けた言葉で話している。貞次郎のほうは、すでに琴音が妻であるかのように呼び捨てにしている。

それもおのずとそうなったのではなく、二人で話し合い、同意して決めたことなのだ。

将太はその道のりを思い、驚嘆した。それほどまでに丁寧に、将太は誰かと向き合っているだろうか？

理世との間に、初めはさしたる隔たりがなかったように思う。細かな話し合いなど抜きで、「おりよ」「兄さま」と、互いに親しく呼び合うことにした。馬が合う、というものだろうか。

だからこそ、ひとたび合わないところが出てきてしまうと、どうやって合わせればよいのか見失ったままになる。今、将太は勇実のすっとぼけたところに呆れながらも、自分と同じだと感じてもいる。相手に掛けるべき言葉を見出せず、迷子のような気分なのだ。

琴音の言わんとするところを、龍治が補《おぎな》った。

「つまり、琴音さんが懸念を感じているのは、勇実さんの菊香さんに対する言葉遣いが丁寧すぎて、よそよそしいというか、身内じゃないみたいだってことだろ？」

「はい。夫婦らしくない、ような気がします。もちろん、世の中にはいろいろな夫婦の形があるとは思います。でも、年上の旦那さまに、いつまでも菊香『さん』と呼ばれたり、丁寧な口の利き方をされたりするのは、義姉上さまにとって居心地の悪いことなのではないでしょうか？」

「菊香さんが勇実さんに、夫婦らしくしたい、というようなことを言うんだろう？　それは、そういう意味なんじゃないのか？」

勇実にもだんだんと問題のありかがわかってきたようだ。瓜や饅頭で腹が膨《ふく》れて血色がよくなっていたのに、今や蒼白《そうはく》になっている。

「し、しかし、出会ってからずっとこんな話し方をしてきたんだ。所帯を持ってから、まだ一年ほどしか経っていないし」

将太は思わず否定した。

「前から何となく感じていましたが、勇実先生、時の流れの感じ方が世間と違うんですよ」

「どういう意味だ？」

「勇実先生は歴史に親しんでいるから、数百年でも一千年でも、ひとっ飛びで超えてしまうでしょう？　でも、菊香さんはそうじゃない。二十三の菊香さんにとって、所帯を持っても子供のできない一年というのは、『まだ』じゃないんです

「似たようなことを、千紘が言ってたな」

龍治がぼそりと付け加えた。龍治にとっても、その時の長さは「もう」なのかもしれない。

頭を抱えてしまった勇実を哀れに思いつつ、将太はあと一つ、伝えねばならないことがあると感じていた。

「千紘さんといえば、勇実先生のことを、母に甘えるかのように菊香さんに甘えている、とも言ってました。俺も腑に落ちたんです。勇実先生は俺たちの前でも菊香さんの手を握ったりしますが、何というか、男女がいちゃいちゃしているというより、甘ったれの幼子みたいだなと」

ああ、と、勇実を除く皆が声を上げてうなずいた。

龍治が遠慮のないことを勇実に突きつけた。

「勇実さんの女の好みは昔からずっと一緒だな。昔ってのは、白瀧家が隣に越してきた頃だ。当時の勇実さんは大好きな母上を亡くして間もなかったから、美人だった母上を思わせる人が恋しいのもわかる気がした。しかしまあ、あれから十何年経っても、結局変わらなかったとはな」

将太も、勇実がかつて惚《ほ》れていた人がひと回りも年上だった、という話を聞かせてもらったことがある。十八のときに、三十の美しい年増女《としまおんな》と付き合っていたらしいのだ。

琴音が言葉を選びながら勇実に告げた。

「わたしも実母を亡くしていますから、義兄上さまの母を慕う気持ちもわかります。一方で、貞次郎さんから、わたしが義姉上と似ているところがあるから気になった、と初めて聞かされたときは、何だか複雑な気持ちになりました」

「面目ない」

すかさず貞次郎が謝る。もういいの、と琴音は微笑んでみせた。このことについても、ずいぶん話をして折り合いをつけたのだろう。将太は、貞次郎と琴音をまぶしく感じた。

勇実は、あれこれと考えを巡らせている顔をしていた。突きつけられた言葉を一つひとつ自分の中で吟味していたのだろうが、やがて答えが出たようだ。頭を抱え、体を丸めて呻いた。

「私はとんだ阿呆《あほう》だ」

将太は掛ける言葉を思いつかず、貞次郎と琴音も黙って目を見交わした。

龍治だけは相変わらず何の遠慮もないことを言ってのけた。

「阿呆とまでは言われねえが、ずいぶんと抜けているとは思うよ。とにかく、どうにかして菊香さんに誠意を伝えなけりゃな」

「ひざまずいて詫《わ》びれば聞き入れてもらえるだろうか？」

「人としてはそれが正しい。でも、女心を動かすには、たぶん違う。だろ、貞次郎？」

水を向けられた貞次郎は、ちらりと琴音を見やってから、にっと笑った。

「確かに。理屈ではないものが大事なときもありますよ」

落ち込んでしまった勇実の背中を、将太はそっとさすってやった。昔、将太が手習所の筆子仲間とうまくやれず、泣かせたり怒らせたりしてしまい、自分のことが嫌になって涙を流すことがあれば、勇実が温かい手で背中をさすってくれたものだ。

龍治は、跳ねるような身軽さで立ち上がった。

「よし、問題の洗い出しはこんなもんだろう。ほら、行くぞ、勇実さん」

「行くって、どこへ？」

「決まってるだろ。勇実さんの大事な菊香さんを捜しに行くんだ。場所の目星はついてる」

将太は勇実に言った。

「俺も一緒に行きますよ。元気を出してください」

勇実は将太の顔を見つめ、龍治の顔を見つめた。それから、うなだれるようにしてうなずいた。

四

「さて、菊香さん。何があったのか、そろそろちゃんと聞かせてちょうだい」

千紘が切り出した。理世は、千紘とは逆のほうから、菊香の顔をのぞき込んだ。

「秘密は必ず守ります。菊香さん、悩んでいることがあるんでしょう？」

菊香は、けぶるようなまつげを上げて、向かいの壁のほうを見やった。まなざしの先に、狐《きつね》の面がある。

きつね屋、という茶屋だ。両国橋を渡って、柳原通り《やなぎわらどお》を西に行った豊島町《としまちょう》にある。千紘が以前、行きつけにしていたという。

その名のとおり、店の中にはあちこちに狐の面が飾られているのだが、一つひとつ化粧が異なる。目尻をつんと上げて紅を引くものだけでなく、より華やかな隈取《くまどり》のものが多い。

店内はまた、柱や梁《はり》が赤く塗られていて、社か稲荷のようだ。茶を出してくれた小女《こおんな》も、目元だけを覆う狐面をつけていた。何とも洒落《しゃれ》た店だ。

客は女が多い。二つ奥の床几《しょうぎ》で若い男が一人、団子《だんご》などを食べているだけで、ほかは若い娘がほとんどだ。

理世と千紘は、菊香を真ん中にして、店の出入り口からいちばん近い床几に掛け、熱い甘酒と冷ました麦湯を注文した。甘酒と麦湯でひと息つくまでは「暑かった」とか「久しぶりに茶屋に入った」とか、当たり障《さわ》りのないおしゃべりをしていた。

話を促されると、菊香は美しい横顔を曇らせた。すごい勢いで駆けていたのに、もう火照《ほて》りは引いている。

勇実の手を振り切って走りだした菊香が、理世の制止の声を聞き入れてくれてよかった。本気で逃げるつもりだったら、到底つかまえることなどできなかった。両国橋の人混みの中で姿を見失ったことだろう。

理世は菊香に問うてみた。

「今の暮らしが幸せでない、ということではないんでしょう？　さっき顔を合わせたときの様子では、勇実先生のことが嫌になった、というふうにも見えなかったんですけれど」

菊香がゆっくりと理世のほうを向いた。言葉に迷うような間が落ちる。理世も千紘も待った。

やがて、目を伏せた菊香が口を開いた。

「そうですね。嫌、というわけではないのです。許せないわけでもないのですが、気に掛かっているというか、もやもやすることがあって……」

「もやもや、ですか？　我慢できないようなところがある、というほどではないんですよね？」

「わたしが狭量《きょうりょう》なのでしょうか。ですが……いえ、勇実さまにとって、最も見せたくなかったであろう姿を、わたしは先に知っていました。それなのに、わたし、今はなぜ……」

勇実の見せたくなかった姿とは、大怪我をしたのがもとで臥《ふ》せっていた間のことだ。朦朧《もうろう》として目を覚まさず、月代《さかやき》も髭も伸びっぱなしになっていた。

「あんなに大変な出来事を乗り越えて一緒になったんですから、二人は何があっても大丈夫だ、と思ってました。でも菊香さん、さっき、勇実先生の手を避けちゃいましたよね」

「だって……どうしていいか、わからなくなってしまって」

菊香が困って心細そうにしている姿は、まるで十五かそこらの乙女のようだ。若妻のいでたちであるにもかかわらず、何とも清楚《せいそ》で愛らしい。

千紘は肩をすくめた。

「菊香さんはさっき『何度も申しましたのに』って言ってたわね。伝えたいことがあるのに、なぜか話がうまく通じないんでしょう？　仕方ないわよ。兄上さまは確かに学問がよくできるけれど、抜けているし、阿呆だもの」

実の妹ならではで、まったく容赦《ようしゃ》がない。

理世も思わず口に出してしまった。

「大平家の兄上さまたちも、皆とても頭がいいんですけれど、どこまでも完璧に目が届くわけではないし、興味のないことには、ずぼらなくらいですよ。そういうところがかわいいんですけどね」

大の男をかわいいなどと言い表すものではないかもしれない。とはいえ、面倒を見てあげたくなるのだ。将太に袂落としの小物入れを作って贈ったのも、しょうがないところを放っておけなかったから。

千紘がくすりと笑う。

「将太さんも世話が焼けるものね」

「龍治先生は、そういう困ったところはなさそうです」

「そうね。部屋もわりと片づいているし。むしろ、細かすぎるところがあるかも。たくさん木刀を持っているけれど、刀掛けに並べるときのやり方に自分なりにこだわりがあるみたいで、絶対にわたしには触れさせないの」

「刀がお好きでお詳しいって聞きました。やっぱりこだわっていらっしゃるんですね」

「そうなの。普段は本身《ほんみ》の刀を腰に差すことがないけれど、あれはね、何があっても人を斬らないという道場の教えの証として、木刀を差しているの。身だしなみとしてどうなのかしら、とも思うけれど」

菊香が口を開いた。

「わたしの父は矢島道場の木刀の話を聞いて、筋が通っていて立派だと言っていました。世間から奇異の目で見られようとも、木刀差しを貫くのは並大抵ではない、と。わたしもそう思います。世間の目というものは、本当に嫌なものなのに、それをものともしないなんて」

世間の目が冷たくなるときの恐ろしさは、理世も味わったことがある。長崎の遊女の子であると知った途端、今まで何事もなく談笑していた人たちが、さっと理世から離れていった。

そんなものはどうだっていい、理世は理世だと真っ先に言い切ってくれた将太は、強い人だ。事情を知っているはずの大平家、それから李之丞とその家族もそう。理世は一人ではない。だから押し潰されずに済んでいる。

と、そのときだ。

若い男がさっさと店を出ようとしたのを、狐面の小女が引き留めた。

「もし、お客さん、お代を……」

男は荒々しい声で小女の言葉をさえぎった。

「つけといてくれねえか。今、銭を持ってねえことに気づいちまってな。次のときに今日のぶんも払うからよぉ」

「ええっ？　こ、困ります」

「俺も困ってんだよ。ない袖は振れねえってやつでよ、困ったときはお互いさまじゃねえか。そうだろうが！」

めちゃくちゃな言い分である。しかも不意に声を大きくし、小女の腕をつかんで脅《おど》かした。

店内はしんと静まり返った。

客は女ばかりだ。しかも若い娘が多い。台所から顔をのぞかせたのも、華奢な女だ。狐面の小女は腕をつかまれたまま、すっかり固まっている。

男は、ふんと鼻を鳴らして笑った。

「菓子がうまいって評判だから来てやったんだ。確かにうまい団子だった。仲間を連れて、また来てやるからよ、今日のところはつけといてくんな」

つかんでいた小女の腕を乱暴に振り払う。小女はふらりとよろけ、柱に体をぶつけた。

男は悠々とした足取りで、まさに理世たちの目の前を通って、きつね屋を出ていこうとしている。

理世は思わず口走った。

「やぜらしか人。何さまんつもり?」

長崎の言葉が出てしまった。「やぜらしか」というのは、この上なくうんざりさせられるほどに鬱陶しい、といったところか。江戸の言葉ではしっくりくるものに出会えていない。

男が歩みを止めた。

「ぴいぴいと何か鳴いたのが聞こえたが、誰だ？　文句でもあるのか、あぁ？　おお、それとも何だ、わざわざ声掛けてきやがるとは、俺さまに遊んでほしいってか？」

凄んでみせたかと思えば、理世たち三人を目に入れた途端、にやにや顔に早変わりする。見目のよい女が三人とあって、いやらしいことでも考えたのだろう。ますますもって「やぜらしか」男だ、と理世は睨みつけた。

男がこちらに正面を向け、手を伸ばそうとした途端である。

その手を、さっと立ち上がった菊香が払いのけた。

「勘違いなさらないでくださいまし。許しもなく武家の女に触れようなどと、不《ふ》届《とど》き千万《せんばん》」

「何？」

「お店のお嬢さんへの乱暴な振る舞いを悔いなさい。食い逃げの罪も見逃してはおけません」

「ああ？　生意気言ってんじゃねえぞ、このっ！」

菊香は半歩踏み込みながら、振りかぶられた男の腕をつかんだ。と思うと、男の胸倉をつかんで足払いをかけ、床に引き倒した。やわらの術である。ぐぅ、と男は呻いたが、何が起こったかわからなかっただろう。

「えいッ！」

千紘が台所の女に告げた。

「早く自身番《じしんばん》に知らせに行って！」

「は、はい！」

店の表戸は開け放たれている。葦簀《よしず》を掛けて日陰にしてあるが、外の声はそのまま聞こえてくる。

品の悪い舌打ちの音がした。

「何でえ、だらしねえ。しくじってやがるじゃねえか」

聞き耳を立てていた者がいたのだ。食い逃げの男の仲間に相違ない。それも一人ではなかった。葦簀が引き倒された。それを踏みつけにして、崩れた風体の若い男が二人、店内をのぞき込んできたのだ。

「誰が俺さまの仲間をいじめやがったのかなぁ？」

二人のうちの一人、長ドスを帯に差している男が、のそりと店に入ってきた。

「しけた店だな。おい、調子乗ってんじゃねえぞ！」

耳がびりびりするような怒号《どごう》である。だが、最も近くにいる菊香は、まったくもって動じていない。

長ドス男はこれ見よがしにゆっくりと、腰の刀に手を掛けた。ヒッ、と誰かが悲鳴を上げた。

菊香が間合いを詰めた。長ドス男の手を柄《つか》から払いのけながら、その長ドスを奪ったのだ。抜き身の刀を長ドス男に突きつけて一言。

「表に出なさい」

「な、何だ、てめえは？」

「何でもようございます。この刀が見えませんか？　表に出なさいと申しているのです。外のかたも下がりなさい」

菊香の長ドスに脅され、踏み込んできた男は後ずさる。

と、先ほど菊香に引き倒された男が、悪態をつきながら立ち上がろうとした。

千紘がお盆を手に飛び出した。

「えい！」

お盆を男の頭に叩きつける。男は呻いてうずくまった。

まけた。

狐面の小女が台所に飛び込み、取って返してきたと思うと、塩を男の顔にぶち
「消えちまえ、なめくじ野郎！」

塩が目に入ったらしく、男は顔を覆って絶叫する。小女は手を止めない。千紘が手放したお盆で、男をもう一発ぶん殴る。

菊香は長ドスを手に、店の表へと男たちを追い出した。

理世は、戸口でほどよい長さの竹竿《たけざお》を見つけた。先が二股に分かれているのは、暖簾《のれん》の出し入れや天井飾りをつけるのにでも使うのだろうか。

「お借りします！」

理世は竹竿を手に取った。毎朝の稽古で使う薙刀形《なぎなたがた》の木刀と、およそ同じ長さだ。木刀よりも軽いが、そのぶん、相手に怪我をさせずに済むだろう。

菊香に続いて表に出ると、柄の悪い若者たちにすっかり囲まれていた。十人ほどはいる。理世より年下ばかりと見受けられる。

「さっきの人、こんなに仲間がいるから、強気に出ていたんですね」

理世は菊香の背中を守る位置で竹竿を構えた。

菊香に長ドスを奪われた男が、顔を真っ赤にして怒鳴っている。

「舐めた真似しやがって！　おい、てめえら、この年増女どもに思い知らせてやろうぜ！」

威勢のいい声を上げて、柄の悪い若者たちは一斉に長ドスや木刀を構えた。いや、てんで形になっていないのだが、それでも、力任せに武器を振り回されるのは厄介《やっかい》だ。

めちゃくちゃな間合いから、木刀を掲げて飛びかかってくる者がいる。

理世はすかさず前に出た。稽古のとおりに竹竿を振るう。

「えい！」

気合い一閃《いっせん》、相手のすねを払う。確かな手応えとともに、木刀男はすっ転ぶ。

その手から木刀が飛んでいく。

菊香は、長ドスで斬りかかってきた者と相対《あいたい》した。斬撃を軽やかに受け止め、受け流す。相手がつんのめりかけたところを柄頭《つかがしら》で一打、見事に転ばせる。

「このあま！」

口汚い罵倒《ばとう》にも眉ひとつ動かさない。

と、千紘が叫んだ。

「菊香さん、左！」

むろん気づいていたようで、菊香はさっと切り替えて迎撃する。長ドス同士が打ち合わされる。

ガィン、と妙に鈍い音がした。

ごろつきの手から長ドスがこぼれ落ちた。否、ごろつきは柄を手放していない。刀身が途中で折れてしまったのだ。

「な、何だと？」

ごろつきがうろたえる隙に、

「ええい！」

千紘がその顔めがけて塩をまく。目潰しを食らったごろつきは、のけぞってたたらを踏み、しまいには尻もちをつく。

さらに千紘は、柄の悪い若者たちの背後へ向かって大声を上げた。

「親分、こちらです！　ごろつきが暴れているんです！　早く！」

武器を構えた若者たちは、思わずといった様子で振り返った。野次馬《やじうま》の人垣ができている。その向こうから目明《めあ》かしが駆けつけようとしているのかと、身構えたのだ。

隙をついた理世が、薙刀代わりの竹竿を打ち振るう。

「やあッ！」

相対する敵の手から木刀がすっ飛ぶ。薙刀は間合いが広い。敵が近づくのを許さず、攻撃を封じることができるのだ。

だが、理世は手のひらに汗をかいていた。心の臓がばくばくと騒いでいる。

「もっと踏み込まんば……」

間合いの測《はか》り方がわからない。

生兵法《なまびょうほう》に過ぎないのだ。相手が武術の素人《しろうと》だからごまかせているが、見る者が見れば、理世のほうこそ素人同然であることはわかるはず。

怒号を上げた者がいる。

「騙《だま》されんな！　目明かしなんぞ来ちゃいねえ！」

一目で親玉だとわかった。年の頃はほかの若者たちと変わらないようだが、二本差しがさまになっている。何気ない動きにも、差した刀の高さがぶれない。抜刀も素早かった。

菊香が理世に告げた。

「下がって。わたしが引き受けます」

邪魔をしてはいけない。理世は素直に下がった。

逆に菊香は前に出た。出ざるをえなかったのだ。親玉がいきなり斬りかかってきた。菊香が踏み込み、迎え撃つ。

ガィン、と、またあの妙な音がした。

あっ、と理世は声を上げてしまった。

「刀が曲がってる」

菊香がごろつきから奪った長ドスは、くの字に曲がっている。あの妙な音がしたときに曲がったのだ。

親玉がにやりとした。

「ボロ刀だな。ちょっと叩いてやったら折れるんじゃねえのか?」

振りかぶって打ちかかってくる。

菊香は再度、長ドスで迎え撃った。その途端、長ドスは嫌な音を立てて折れた。若者たちが下卑《げび》た歓声を上げる。野次馬の人垣からは悲鳴が聞こえた。

「菊香さん、気をつけて!」

千紘が悲痛な声を掛けるが、親玉はいたぶるように笑いながら、菊香に切っ先を向けている。

菊香は折れた長ドスの柄を捨て、帯から懐刀《ふところがたな》を取り出した。鞘《さや》を払い、逆手に構える。しかし、刃長二尺二寸の刀を相手に、一尺に満たない短刀ではあまりに不利だ。

ふと。

そこでまた一転。

「菊香！　こっちだ、下がれ！」

人垣を割って飛び出してきたのは、勇実である。

勇実は菊香の腕をつかみ、引き寄せて自分の後ろに庇った。親玉を睨んだ、と思うと、踏み込みながら抜刀。親玉の刀をからめとり、その手から叩き落とす。

「何？」

さらに踏み込んだ勇実は刀を峰に返し、親玉の肩口を打った。がくり、と親玉が膝をつく。

「口ほどにもない。まともな武器を持たない女を相手に、よくぞ刀を振るえるものだな。とはいえ、刀さえまともであったなら、我が妻もおまえなどに遅れは取るまいが」

勇実に刀を突きつけられ、親玉は色を失った。打たれた肩を押さえて、顔を歪めている。

親玉を救おうとして、匕首《あいくち》を振りかざして突っ込んでくる者がいる。

「こ、この野郎！」

菊香のほうがはるかに素早く美しく、短刀を構えていた。匕首を迎え撃つ。

チン、と澄んだ音を立てて、ごろつきの手から匕首が飛んだ。さらに、菊香はごろつきの懐に潜り込み、肘鉄《ひじてつ》を食わらせる。

同時に、取り巻きの若者たちも打ち倒されていく。龍治が木刀を振るい、将太が素手でつかみかかって、取り巻きどもの手にあった武器を奪っていくのだ。

「千紘の声はどこまでもよく聞こえるもんだな。ここだってことがすぐにわかったぜ」

「理世！　怪我はないか？」

駆けつけた将太が、照れもなくまっすぐに見つめてくれる。理世は、張り詰めたものが切れるのを感じた。

「兄さま……！」

薙刀代わりの竹竿にすがって立ってはいるものの、体が震えていた。将太の大きな背中が理世を庇って立ちはだかる。

野次馬の人垣の向こうから、「御用だ！」という声が聞こえてきた。今度こそ本当に、目明かしの親分が駆けつけたのだ。

きつね屋での食い逃げは、度胸試しだったらしい。外で待っていた悪い仲間たちは、食い逃げが成功するかどうかの賭けなどもしていたという。

「たちの悪い餓鬼《がき》どももいたもんでさあね。きっちり絞ってやりやすよ」

目明かしが、打ちのめして捕縛《ほばく》した若者たちをじろりと睨んだ。きつね屋だけでなく、周囲の目立った店が同じような害を被っていたらしい。

店内の片づけも済み、騒ぎのほうは収まりつつある。

しかし、これで一件落着とはいかなかった。

短刀を懐に収めた菊香に、納刀した勇実は改めて向き直った。

背中を預け合って戦う間、二人は見事に息が合っていた。理世もそれを見て、やはり二人は似合いの夫婦だと、胸が熱くなったものだ。

ところがである。

「菊香さん、心配しましたよ。怪我はありませんか？　何もされませんでしたか？」

勇実が口を開いた途端、菊香はつんとそっぽを向いた。

理世の傍らで、将太が額を覆った。千紘と龍治が同時に嘆息したのもわかった。

何となく、理世はぴんときた。

「ひょっとして菊香さん、勇実先生に対してもやもやするというのは、あまりに丁寧で他人行儀みたいだから不安になる、ということですか?」

勇実が、ぎくりとした顔で理世を見た。そして再び菊香を見つめた。すがるような目をしている。

菊香は観念したらしく、うなずいた。

「これまで何度も申しましたのに、変えようとしてくれないのですもの」

龍治が、ほう、と大きな息をついた。

「やっぱりそれで正解だったか。確かにな。こうして顔を合わせてみれば、勇実さんが丁寧な言葉を使う相手は、菊香さんだけだ。菊香さんが、あれっと思っちまうのもうなずける」

将太が言い添えた。

「所帯を持って、もう一年が過ぎたのに、という気持ちなんでしょう?」

菊香はまたうなずいた。

「焦りと不安が募ってしまいました。もう一年が過ぎたのに、勇実さまはあまりにのんびりとしておいでです。わたしだけが勝手に思い詰めたり憂鬱になったりして、独り相撲《ずもう》です。滑稽《こっけい》でしょう？　こんな面倒くさい女など、もう、どうにでもなさってください」

胸につっかえていたことを吐き出しながら、菊香はぎゅっと顔をしかめた。眉根が寄り、口は引き結ばれ、まるで幼い女の子のように、今にも泣きだしそうだ。

お面のようにとりつくろった笑みは美しかったが、理世は、今の菊香の顔のほうがずっと愛らしいと思った。大人の女も、こんな顔をすることがあるのだ。

勇実が脱力したように笑いだした。ほっとした表情を見せたのもつかの間、小さくかぶりを振ると、勇実はいきなり、大げさにため息をついてみせた。

「まったく、困ったものだ。菊香、こっちを向いて」

いささか強引に菊香の手をつかんで引き寄せる。菊香はうつむいてしまうが、勇実は妻の細い顎をつまんで上を向かせた。

「すねた顔をしている。皆を巻き込んで、面倒くさいことをしでかしてくれたものだな。家に帰ったら仕置きをするぞ、菊香」

新妻を叱る台詞《せりふ》を甘い声音《こわね》で言ってのける勇実に、菊香が目を見張った。みるみるうちにその頬が赤くなる。

野次馬が冷やかしの声を上げた。

龍治が鬱陶しそうに言った。

「ああもう、人前でべたべたといちゃつくやつは、花火でも食らって爆《は》ぜちまえよ！　目の前でそういうのをやられたら、むずがゆくってしょうがねえ。さっさと帰れ！」

しっしっ、と手を振られて、勇実は肩をすくめた。

「では、お言葉に甘えて。あとのことは頼んだよ」

勇実は菊香の手を引いて、さっさと歩きだした。菊香も引っ張られるがまま、勇実におとなしくついていく。

あとのこと、というのは、食い逃げ犯を含む若者たちのことだ。何せ、打ちのめした人数が多い。目明かしの親分は大わらわになるだろう。

千紘は満足そうだ。

「雨降って地固まるといったところね。ずっと受身だった菊香さんが兄上さまに対しても本音を言えるようになってよかったわ」

理世はうなずいた。将太と目が合う。将太がおずおずと笑うので、理世も笑ってみせた。

恋をしている胸が熱い。隠さなければならない。

でも、隠していられるのなら、微笑み合ったっていいはずだ。叶わない想いではあっても、想うだけなら自由だろう。

急にそう思った。

あと少し。もうしばらく。

将太がおれんのもとへ婿に行ってしまうとか、理世と杢之丞の縁談が決まるとか、そういうふうに道が敷かれてしまうまで、わずかな間だけ。

「兄さま、ちょっとお願いがあって」

「何だ？」

「今度、薙刀のお稽古に付き合ってください。わたし、刀を相手に薙刀を使うお稽古をしたいんです。さっき、相手との間合いがうまく測れなくて、ひやひやしました。これじゃ駄目だと思ったの」

将太の顔が、ぱっと輝いた。

「もちろんいいぞ！　矢島道場で稽古をさせてもらおう！」

こんなに明るい将太の顔を、久しぶりに見た。そう、笑っている将太が好きだ。悩んだり泣いたり怒ったり、どんな顔をしているときも、一生懸命で素敵だけれど。

やっぱり、いっとう好きなのは、屈託なく笑うその顔だ。

理世は、はい、と元気よく答えた。かわいい妹の顔で精いっぱい笑っていよう、と思った。

第四話　相剋《そうこく》の家

一

為永朱之進《ためながあけのしん》が突然、父の書斎に呼び出されたのは、八月七日の宵《よい》の口《くち》だった。屋敷の最奥《さいおう》にある書斎へ続く板張りの廊下《ろうか》は、昼間でも暗い。ましてや日の落ちた後となると、天井はわだかまる闇に隠れて、板目も見えない。

蒸し暑い宵だが、障子という障子は閉め切られている。この屋敷ではいつもそうだ。父も継母も異母弟も各々《おのおの》、閉め切った自分の部屋にこもっている。むろん朱之進もだ。掃除くらいは奉公人に任せているが、家族、と呼びうる者を部屋に入れたこともない。

父の書斎に呼びつけられるのは、二月ぶりとなる。前回は母の命日だった。十七回忌は来年だ。

「参りました、父上」

「入るがよい」

父、為永九太夫《きゆうだゆう》は先手弓頭《さきてゆみがしら》を務めており、役高として千五百石、および六十人扶持《ぶち》が給せられている。

もとは目付《めつけ》の家柄で、役高も一千石止まりだったところ、九太夫自身の才覚で先手組に引き抜かれた。若年寄《わかどしより》である水野何某《みずのなにがし》にたいそう気に入られているらしい。由緒《ゆいしょ》や格式を重んじる先手組としては異例のことである。

才覚といっても、番方として優れているかどうかの話ではない、と朱之進は思う。九太夫は文武においてもそこそこ秀《ひい》でているが、飛び抜けて優れているのは、役者か芸人としての才覚だ。客である上役を楽しませる術《すべ》に長《た》け、ぱっと人の目を惹く才に恵まれている。

九太夫はお役目だけでなく、上役をもてなす宴だの、同輩との付き合いだのと言って出掛けていることが多い。この刻限に屋敷にいるのも、珍しいといえば珍しい。

書斎で待っていたのは、九太夫だけではなかった。

不快な表情を隠しもせず、異母弟の剛之助《ごうのすけ》が朱之進を振り向いた。同い年であり、物心つくより前から同じ屋敷で育った仲だが、兄弟らしく仲睦《なかむつ》まじかったこなど一度もない。

朱之進は、剛之助のまなざしをことさら無視して、書斎に入った。剛之助と並んで下座《しもざ》に着く格好だ。

九太夫の機嫌のよいことは、一目で知れた。

「さて、息子らよ。来年にはどちらを嫡男にするか決するつもりだが、その前に、実によき縁談が舞い込んできた」

父とも弟ともよく似ているという自覚は、朱之進にもある。

九太夫は、皺のぶんだけ男の色気も増した、などと旗本の婦女の間で評判が絶えない。花見や茶会といった催しに出たがるのも、その華やかな見目を衆目《しゅうもく》にさらすためだ。

剛之助は肌が浅黒く、怒《いか》り肩なのも相まって、父や朱之進より雄々《おお》しく見える。剛之助自身、それをよくわかっていて、朱之進のことを「見るからに軟弱だ、おなごのようだ」などと取り巻きの連中に吹聴《ふいちょう》している。

朱之進にはふてぶてしい顔しか見せない剛之助だが、九太夫の切り出した話には、いかにも素直そうに目を見張った。

「縁談とおっしゃいましたか？　まことに？」

「むろん、まことであるぞ。どうした、そんなに驚くことか？」

「驚きますとも。父上が納得なさって私にまでお知らせくださったことなど、今までありませんでしたから」

おまえへの縁談だとは言っていないだろう、と朱之進は胸中で舌打ちをした。顔には出さない。

しかしながら、実のところ、朱之進ではなく剛之助への縁談の申し込みはたびたびあると小耳に挟んでいる。娘を嫁がせたいというものも、婿養子に来てくれというものもあるらしい。

いずれにしても打算ずくだ。剛之助を当て込んだ縁談ばかりなのは、母の血筋のために過ぎない。為永家の今の正妻である於篠《おしの》は、腹を痛めて産んだ我が子、剛之助を猫かわいがりしている。

於篠は先手鉄砲頭《さきててつぽうがしら》を代々務める家柄の、分家の生まれだ。ところが、本家の血筋が途絶えたので、於篠の弟が本家の養子に迎えられた。つまり、今では、夫も弟も先手頭《さきてがしら》を務める大層な御家の奥方さまなのだ。於篠のまわりにはいつも取り巻きがいる。

親戚もまた、剛之助ばかりをかわいがる。その一方で、於篠を筆頭とする親戚筋の者たちは皆、朱之進を、いないものとして扱う。

そういう意味では、九太夫はまともな父なのかもしれない。朱之進と剛之助を等しく見て、同じように試している。父のために役に立てる孝行息子は、さて、一体どちらなのか、と。

朱之進も剛之助も二十四だ。他家の同い年の嫡男であれば、とうに父の見習いとして勤めに出ているだろう。見習いどころか、一人前と認められてお役を拝している者もいるはずだ。

他家の嫡男が働いている間、宙ぶらりんの朱之進と剛之助が何をしていたか。父の朋輩《ほうばい》や上役にはすでに顔を売っている。宴や茶会の差配をしたことも一度や二度ではない。

要するに、為永九太夫という男が舞台の真ん中で芝居を続けるために、朱之進も剛之助も便利な端役《はやく》をいくつも兼ねている。朱之進が新たな花形として舞台に立つには、まずは剛之助を打ち負かさねばならない。

そして、ゆくゆくは九太夫をも踏み台にして、超えてゆく。そのつもりだ。

九太夫は機嫌よく口を開いた。

「さる御方からお申し出をいただいたのだ。為永家に輿入《こしい》れすることを、ご息女自身がぜひにとおっしゃっているらしい。まだ正式な縁談ではなく、私的な文《ふみ》ではあるが」

文を文机《ふづくえ》から取り上げ、ぱっと鮮やかに開いてみせる。実に芝居がかった仕草だ。それが似合ってしまうのが、九太夫という男である。

剛之助が身を乗り出した。

「それで、さる御方というのは？」

「為永家にとっても悪くない縁組だ。まだ明かせはせんがな。そのご息女は、先頃開かれた徒弓《かちゆみ》の腕比べを遠目ながらご覧になって、ぜひとも縁談をと望まれたそうだぞ」

九太夫がまっすぐに朱之進を見た。剛之助が引きつった顔で振り向いた。

朱之進自身、不意を打たれた格好になった。

「俺を？」

とりつくろうことのない言葉が口からこぼれる。

剛之助が猛然と抗議した。

「なぜ朱之進なのです？　こ、こんな、まるで狐の化けたような、見るからに姑《こ》息《そく》な男など、なぜ！」

「始まりは、一年ほど前、朱之進が友と深川に出掛けた折に、ひったくりに遭った老女を助け、悪党どもを一網打尽《いちもうだじん》にしたそうだな。件《くだん》の老女は菓子屋の大おかみだったと聞く」

さようです、と朱之進は応じた。

朱之進たちが助けたのは、幸先屋《さいさきや》のおさちという老婆だった。店まで送っていったら、食べきれないほどの菓子を振る舞われ、包んで持ち帰った。後で聞いたところによると、幸先屋は旗本の婦女の間で評判が高いのだという。

おそらく、朱之進を見初《みそ》めたというどこぞの家の息女も、幸先屋から噂を聞いたのだろう。

「それで拙者に関心を持っていただいていた、と？」

「さよう。遠目でもかまわぬから、じかに会ってみたいと前々からおっしゃっておったそうだ。それが先頃の腕比べの折にかなったわけだな。朱之進はあの日、見事な弓の腕を披露《ひろう》した。それもまた、ご息女の目にかなったのだ」

剛之助が真っ赤な顔をし、朱之進を指差した。

「こやつは卑怯《ひきょう》なのです。的を外さなかったのには裏がある。何しろ、こやつは、大の男が使うには弱い弓を用いておるのですよ！」

「言葉を返すようだが、拙者が使っておる弓は人並み程度のものだ。確かに拙者は、力自慢を示すほどの強弓《ごうきゅう》を引くことはできぬ。だが、弓術は矢を的に当ててこそだろう」

「あんな弱い弓では、目の前の的を射るのがせいぜいだ。みっともないではないか！」

「目の前の的だと？　くだらぬ。肩を壊すほどの強弓など用いずとも、拙者の技ならば、三十三間堂《さんじゅうさんげんどう》の通し矢も問題ではない」

剛之助は徒弓の腕比べの日、取り巻きを焚《た》きつけて大騒ぎをし、三人張りの強弓の腕試しを繰り広げていた。まともに引き分けることもできないほどの、張りの強い弓である。無理をして肩や肘を痛めた者もいたと聞く。

力自慢の剛之助は、どうにかその強弓を引き分け、矢を飛ばすこともできた。仲間内ではいちばんの力持ち、というわけだ。しかし、その矢は的をかすめもしなかった。

大平将太であれば、あの強弓を難なく使いこなすだろう、と朱之進は思った。いずれにしても、あの日の腕比べにおいて、剛之助は中途半端だった。いや、日頃のすべてにおいてと言うべきか。

朱之進は九太夫に問うた。縁談だの、見初められただのと聞かされても、浮かれた気持ちになどなれない。

「して、父上、その縁談を進める条件は？　先方は確かに拙者をお望みなのでしょうが、如何《いかん》せん、拙者は為永家の長男ではあれど、嫡男ではない。このままでは先方のご期待には添えますまい」

「であるな。先も言うたとおり、そろそろいずれを嫡男とするか、決めねばならん。さて、どうしたものか」

九太夫は悩むようなそぶりをしながら、二人の息子を順繰りに見やった。この期《ご》に及んで競わせようとしている。世の中は己を中心に回っているとでも思っているのだろう。

先方の名を知りたい。九太夫が飛びつくほどの家であるから、大身旗本《たいしん》か、ひょっとすると大名家だろうか。そんな相手と対等に渡り合っているつもりなのが滑稽だ。

相手方を突き止めたら、鶴《つる》の一声でやめさせてしまおう。九太夫の一人芝居などおもしろくもない、と。そして朱之進がすべて手に入れるのだ。

剛之助はとげとげしく言った。

「今日のお話はこの件のみでしょうか？」

「うむ。伝えるべきは伝えた」

「でしたら、お忙しい父上のお暇をこれ以上奪うわけにはまいりません。失礼いたします。朱之進、ぐずぐずするな。行くぞ」

引っ張ろうとする剛之助の手を振り払って、朱之進も書斎を辞した。

朱之進の部屋は離れにある。かつて病弱な母が使っていた部屋を、そのまま譲り受けた。隣の部屋は、母が存命だった頃には茶の湯などをして憩《いこ》うために使われていたが、いつの間にか物置になっていた。

庭に出たところで、剛之助がわざわざ追いかけてきた。

「俺は認めんぞ、朱之進！　おまえなどにこの家を奪われてたまるものか！」

「我が物顔で何を言いだすかと思えば、笑止な。俺もおまえも立場は同じ。いまだ父に嫡男と認められておらぬ半端者だ」

「一緒にするな。おまえは今や、後ろ盾《うしろだて》もないではないか。この先、どうしようもないだろう。哀れなやつめ！」

同い年とはいえ、朱之進のほうが半年早く生まれた。その頃は朱之進の母こそが正妻だった。父がさっさと朱之進を嫡男と定めていれば、後々こうして面倒な兄弟仲とならずに済んだはずだ。

なぜこんなことになっているのか。

父ひとりのせいではないかもしれない。

朱之進の母が死に、側室だった於篠が正妻となった。それより前から、臥せってばかりの正妻に代わってお家のあれこれを取り仕切っていたようだ。目の上のたんこぶが消え、実弟が本家の養子になって権勢が約束されると、於篠の化けの皮が剝がれた。

於篠が正妻になった頃から、家中は剛之助を嫡男のように扱っている。朱之進は、まるで誰の目にも留まっていないかのよう。芝居がかった父と突っかかってくる剛之助だけが例外だ。

朱之進は剛之助に言い放った。

「後ろ盾くらい、己の力で手に入れてやる」

「縁談は譲らんぞ」

「馬鹿なことを。先方に望まれているのは、深川でひったくりを捕らえ、徒弓で全射必中の誉《ほま》れを上げたこの俺だ。見合いの席におまえが出たところで、振られるのが落ちだろう」

「この女狐野郎！」

剛之助がつかみかかってくるのを、手刀《しゅとう》で打ち払う。さらに一撃、剛之助が打ってくる。重い拳《こぶし》を手のひらで受ける。さらに肩口から突進してくるのを、さっと躱す。

間合いを空け、暗がりの中で睨み合う。

剛之助が吐き捨てた。

「腹違いの妹の件、おまえ、何をたくらんでいる？　為永の娘としてどこか適当な家に嫁がせるつもりか？」

唐突に持ち出されたのは、今は大平家の養女となっている理世のことだった。

理世は長崎の薬種問屋で育ったというが、実の父はその店の旦那ではない。二十年ほど前、九太夫が目付として長崎での任に就いていた頃に遊女と通じて生ませたのが理世だ。

「理世が有用であることは、おまえもわかっているわけだ。そうだな。我が為永家の役に立ってもらおうではないか」

「汚《けが》らわしい！　遊女の生んだ娘など、為永家の敷居をまたがせるな！」

「だが、父上は理世を気に掛けていらっしゃる。理世が生まれたときからそうだ。俺たちの節句《せっく》の祝いに費やすよりも高い金を、長崎の妾《めかけ》に送ってやっていた。今この屋敷に理世を連れてきてやれば、父上はお喜びになるだろう」

「そんなことはさせん！」

そう言うだろうと思っていた。もし理世を屋敷に連れ込めば、身の危険がある。だから、今はまだ遠ざけておくしかない。

「剛之助、とにかくおまえは、俺のなすことすべてが気に入らぬのだな」

「気安く呼ぶな！　汚らわしい！」

「汚らわしいだと？　俺の母は旗本の出だったが？」

「昔の話だ。おまえの生みの母の実家など、今はもうない。短命の者ばかりの、病魔に魅入《みい》られた家ではないか。その血を引くおまえが同じ屋敷に住んでおるなど、気味が悪くて仕方がない」

母が死んだ頃から繰り返されてきた言葉だが、それは言いがかりだ。家を継いだ伯父《おじ》が三十五で急死したのは確かに短命といえるが、祖父母は還暦を迎えてから亡くなった。伯父の病死で家が取り潰されたのは事実だが。

朱之進には、本当は兄がいたらしい。母は最初の子を死産して、それから体が弱くなった。そんな身でありながら、朱之進を生んでくれた。物心ついて母の姿を記憶に留めておけるまで、生きていてくれた。

お産がもとで体を壊したり、命を落としたりというのは、さして珍しいことでもない。朱之進の母だけが特別ということはないのだ。

「不毛だな。おまえと話していても、何の実りもない」

「だからおまえは、遊女の生んだ娘だの、無役の御家人の三男坊だの、いかがわしい遊学者だのとつるんでいるのか。旗本の子息同士の付き合いもろくにできんくせに」

「どの口がそれを言うのだ。俺に友と呼べる者がおらぬのは、おまえが取り巻き連中に、俺をのけ者にするよう吹き込んでいるせいだろう」

夜闇《やあん》の中で剛之助が嘲笑《あざわら》うのがわかった。

「おまえの手持ちの札はすべて奪ってやる。父上が遊女に生ませたあの娘も、おまえの切り札にはならんだろう」

朱之進は、はっと気づいた。思わず詰め寄る。

「噂をばらまいたのは、おまえだったのか！」

もともと理世の縁談の相手だった諸星才右衛門は、女好きのふざけた男だ。その才右衛門が言い交わしていた娘が、どういうわけか理世の生まれを知り、人前でそれを言いふらしたらしい。理世はたいそう傷ついたという。

大平家や諸星家はすでに承知のことだったが、それでも理世への態度を変えないのは大したものだ。江戸の武家は血筋を重んずる。遊女に生ませた子と聞けば、剛之助のように頭から毛嫌いする者も少なくない。

剛之助は憎々しげに顔を歪めている。悪鬼のような笑い顔だった。

「ほう、怒っているのか？　一年前まで顔すら見たことのなかった妹が、そんなに大切か？」

朱之進は舌打ちをした。

「切れるはずの手札を台無しにされて、腹が立たぬわけもあるまい」

「ふん、強がりがいつまで続くかな？」

くだらない。理世のことが心配なわけでも、ましてや大切に思っているわけでもない。朱之進は頬を笑みの形に歪めて、剛之助の嫌がる話を蒸し返してやった。

「俺に岡惚《おかぼ》れしたという娘御と早く会わせてくれるよう、父上にねだらねばならぬな」

途端、剛之助が苛立たしげに足を踏み鳴らした。

「くそ！　どうせ鬼瓦《おにがわら》のような面相の女に決まっている！」

「だったら何だというのだ？　女の美醜など、顔の皮一枚のことに過ぎぬ。子を産んでも健やかでいられる体の持ち主でありさえすれば、鬼瓦だろうが何だろうが、どうだっていい」

吐き捨てて、剛之助に背を向ける。

母の顔が忘れられない。美しい人だった。

朱之進は、難しい算額や謎掛けを与えてくれる、芯の通った母の声が好きだった。子供だった朱之進よりも細く骨張った母の腕は、たやすく折れてしまいそうで恐ろしいから、嫌いだった。

ぴしゃりと離れの戸を閉める。

土用《どよう》の虫干しから二月と経っていないというのに、すでに埃っぽいにおいがしている。

母が生きていた頃、離れの戸口には橘《たちばな》の木があった。橘は、五月の花の頃はもちろん、幹や葉がいつでもかすかに香りを放っている。だから昔は、戸を閉めていてさえ、ふんわりと爽《さわ》やかな香りが離れを満たしていたものだ。

あの橘の木もなくなってしまった。病だったのだろう。母の弔《とむら》いが終わった頃から徐々に枯れていき、半年と経たずに倒れたのだ。

目を閉じれば、まだあの橘の香りを思い出せる。

遠雷が聞こえた。ほどなくして、雨が降りだした。

二

将太が教え子の安千代と顔を合わせたのは、実に半年ぶりのことだった。

「前は四日に一度、屋敷で漢文を教わっていたのにね。こんなに空いたのは初めてだ。今日は足下の悪い中、はるばる市ヶ谷《いちがや》まで来てくれて、どうもありがとう」

「はるばるというほどでもないさ。雨も、本所からこちらへ向かう頃にはすっかり上がっていた。招いてくれてありがとう。新しい暮らしには慣れてきたか？」

「うん。市ヶ谷のおじ上のことは、昔からけっこう好きだったからね。お節介《せっかい》すぎないところがいいんだ。おじ上が義父上《ちちうえ》になったわけだけれど、ちゃんとうまくやっているよ」

父の従兄《いとこ》で、男の子がいない磯上《いそがみ》家に、安千代は養子として入ることになった。それが今年の二月のことだった。十一の安千代が晴れ着姿で実家の屋敷から去っていくのを、将太は涙ぐみながら見送ったのだ。

もともと安千代は五百石取りの旗本である片岡《かたおか》家の次男坊で、大平家からもさほど遠くない中之郷《なかのごう》に住んでいた。

将太が京での遊学を終えて帰ってきて、真っ先に話があったのが、安千代の手習いの師匠になることだった。父邦斎が安千代の主治医を務めており、部屋に置き手紙をして安千代のことを伝えたのだ。

病弱で気難しい安千代は、なかなか手習いが進まずにいる。誰にも心を開かないので、家族も奉公人も、安千代をどう扱っていいのかと困っている。手習いの師匠になりたいのであれば、まずは片岡家に赴け。人の役に立ってみせよ。

父の達筆でそう書かれていた。家族でさえも扱いかねているという七つの安千代を、将太はまるでかつての自分のように感じた。何としても安千代の力になりたいと思った。

幸いなことに、将太と安千代は馬が合った。手習いの師匠としては半人前でたどたどしい将太と、物覚えも察しもよくて大人びた安千代。将太は、初めての教え子である安千代にずいぶん助けられたのだ。

「近頃、手習いのほうはどうなんだ？」

「完璧。新しい師匠に驚かれているよ。漢文の『酉陽雑俎《ゆうようざつそ》』の読み解きも、また始めた。それでさ、将太先生。月に一度でいいから、教えに来てほしいな。義父上も、将太先生に教わるのがよさそうだと言ってくれている」

「よし、わかった。都合のつく日を知らせてくれ。また一緒に学んでいこう。俺も楽しみだ」

「ついでに、剣術稽古にも付き合ってよ。元服するまでに将太先生から一本取るのが目標なんだ」

「おお、勇ましい。俺も、うかうかしていられんな」

浄瑠璃坂《じょうるりざか》から一筋入ったところにある磯上家は代々、新番衆《しんばんしゅう》の勤めを担っている。お城の警固を預かるお役であるから、幼い時分の病弱な安千代であれば、とても養子の話など来なかったに違いない。

安千代は利発で、剣の腕もめきめき伸びている。半年会わずにいたら、声のかすれ具合のためか、急に大人びてきたように感じられた。

「ところで、将太先生のほうは変わりない？　それとも、何か変わった？　あ、自由闊達な学問塾の話、少しは進んだ？」

「そうだなあ。変わったと言えば変わったよ。いちばん変わったことといえば、その、何だ……お、俺を好いてくれるおなごがいて、その人との話が進んでいるような、いないような、まあ、そんな感じだな」

おれんのことをどう言い表せばいいのか、いまだによくわからない。

「それ、本気のやつ？　将太先生は見た目だけはいいから、岡惚れされて話しかけられるようなことは、前からあったでしょう。話してみたら、思い描いたのとは違うっていうんで、何も始まらないうちから振られるんだ」

「こたびは、そういうのではないみたいだな。幾度も会って話をした上で、こんな俺なんかのことを望んでくれるんだ」

「こんな俺なんかって言い方はよくないよ。将太先生は自分のことが嫌い？」

「大人になりきれていないところを情けなく思っている」

「子供だろうが大人だろうが、どっちだっていいじゃないか。いや、威張《いば》り腐った大人じゃないから、将太先生は人に好かれるんだ。将太先生はいい人だよ。こんな俺なんか、なんて言っちゃ駄目だ」

安千代は呆れかえったような口ぶりで将太を咎めた。

と、そのときだ。

ろう。

「安千代さま、お茶をお持ちしました」

障子の向こうから声が掛かった。女の子の声だ。安千代と同じくらいの年頃だ

安千代がさりげなく襟元《えりもと》を整えた。

「入って」

「はい、失礼いたします」

障子を開けて入ってきたのは、やはり十一、二といった年頃の女の子だ。お辞

儀をしてお茶を振る舞ってくれる仕草は、しっかりと洗練されている。

「ありがとう。もしかして、あなたが安千代の許婚かな？」

問うてみれば、女の子が安千代にちらりと目配せをした。安千代がちょっと照

れくさそうに、しかしはっきりと、紹介してくれた。

「こちらは、許婚の葉月《はづき》さん。私は、いずれ葉月さんと夫婦になるという約束

で、この家に養子入りしたんだ」

「葉月と申します。安千代さまから、将太先生のことはたくさんうかがっていま

す。どうぞよろしくお願いいたします」

稚児髷《ちごまげ》の頭を下げる仕草も、その口ぶりも、きびきびとした印象だ。安千代は

頭の巡りが速いが、葉月からも、同じように利発な感じを受ける。

「大平将太だ。これから月に一度ほど顔を出そうという話をしていた。今後とも、どうぞよろしく」

将太も大きな体を折り曲げて、きちんと礼をしてみせた。面《おもて》を上げ、三人で目を見交わして、何となく笑いだしてしまう。

葉月は人見知りをするわけでもないようだったが、積もる話があるだろうからと、あいさつだけで部屋を辞した。

障子が閉まるかどうかのところで、安千代はこらえきれないと言わんばかりに、将太のほうに身を乗り出してひそひそと言った。

「けっこうかわいいでしょう?」

「自慢の許婚、というわけか」

「一つ年上なんだけど、びっくりするほど物覚えがいいんだ。おなごが読むような本は、『源氏物語《げんじものがたり》』でも『枕草子《まくらのそうし》』でも、もっと新しい黄表紙でも、ありとあらゆる書物の中身を覚えている。諳《そら》んじられるものも多いし、百人一首《ひゃくにんいっしゅ》のかるたが信じられないほど強い」

「ずいぶんと誉めるんだなあ」

「同じ年頃でこんなに頭のいいおなごがいるなんて、思ってもみなかったんだ。きっと漢文もちょっと教わるだけで、あっという間に覚えてしまうよ。そうなったら、まあ少しは悔しいけれど、将太先生、教えてあげたらいいよ。唐土にも女の詩人はたくさんいるんだし」

頬を染めて葉月を誉める安千代に、将太は嬉しくなった。

友らしい友もつくらず、大人に囲まれて暮らしてきた安千代が、同年配の誰かと親しくしているのを見るのは初めてだ。その相手が許婚だというのだから、何とも微笑《ほほえ》ましい。

「本当によかったな、安千代。新しい暮らしにも馴染んで、許婚とも仲良くやっていて。明るい顔をしている」

安千代は、ふふん、と笑った。得意そうでありつつも、くすぐったさを隠しきれない様子で、しきりに頬や頭を掻いている。

「相手が葉月さんで、私は運がよかったと思う。まあ、初めはうまくしゃべれなかったけど」

「さすがに照れくさかったか」

「だって、おなごとしゃべるんだよ。何を言えばいいのかわからなかった。そしたら、元気がないのかと心配して、あれこれ気を回してくれたから、葉月さんは将太先生みたいだと思った。将太先生も屋敷に義妹《ぎまい》が来たばっかりの頃、ものすごく頑張っていたでしょう？」

将太はぎくりとした。

当初、理世は長崎の訛《なま》りを気にするあまり、口を開こうとしなかった。小柄で愛らしく、人形のように姿の整った理世のことが、将太は気掛かりでならなかった。

一目惚れの恋の戸惑いを、まだ幼い安千代には悟られまいと思って、将太はいろいろと語ってしまった。義理とはいえ妹なのだから気に掛けるのは当たり前だ、というふりをして、恋する相手のことを言葉にした。そんな秘密を抱えているのが、後ろめたくもあり、楽しくもあったのだ。

今となっては、あの頃のように理世のことを安千代に話して聞かせるわけにはいかない。許婚との間に芽生えた淡い恋を、安千代はすでに自覚している。将太の想いも、似た境遇であればこそ、察することができるだろう。

将太は嘆息して笑った。

「つくづく、安千代がうらやましいよ」

養子縁組によって同じ屋根の下で暮らすことになった相手と想いを交わし、ゆくゆくは一緒になるという。

なぜ、俺と理世は、兄妹でなければならないのだろう？

安千代が将太の顔をのぞき込んだ。

「悩み事でもあるの？　いや、ないはずもないか。困っているなら相談に乗るし、気晴らしをしたいなら、そうだなあ、剣や弓や馬術の稽古なら付き合うよ」

まるで同い年の友を気遣うような口ぶりに、将太は何となく救われた。

「ありがとう。次にこちらにお邪魔するときは、稽古着や木刀も持ってこようかな」

三

暮れ六つ（午後六時頃）の鐘が聞こえたのを合図に、将太は安千代のもとを辞することにした。

「ああ、そうだ。将太先生、次は泊まりがけで来てくれてもいいよ。近頃、義父上から星の読み方を教わっているんだ。夜空の星のどれが北辰《ほくしん》で、どっちが北なのか、今度教えてあげる」

安千代は、だんだんと暮れていく空を見上げた。今日はいくぶん雲が多く、星はよく見えない。

将太の小者よろしく玄関脇の部屋に控えていたのは、中間のいでたちをした次郎吉だった。市ヶ谷に出掛ける用事があるが道がよくわからない、という話をしたら、案内役を買って出てくれたのだ。

「ゆっくりお話しできやしたかい?」

将太を出迎える次郎吉は、日頃よりは丁寧な口の利き方をしているものの、むすっとした顔を隠しもしない。次郎吉よりも丁寧に愛想よく頭を下げてみせたのは、種彦である。

「お戻りなさいませ!」

「うん、待たせたな」

楠根の屋敷で下男仲間にいじめられていたのを、次郎吉が救い出してやった格好だ。きらきらした目で次郎吉を見つめ、見えない尻尾を元気よく振って、ついて回っている。痛めていた喉は治ってきたようで、声がはっきりしてきた。

「荷物をお持ちしやすよ!」

種彦は元気よく申し出てくれるのだが、何となく気が引ける。がりがりに痩せた、いまだ少年っぽさの残る若者である。将太のほうがよほど膂力《りょりょく》も体力もあるのだ。

「この程度の荷物は、俺が自分で持つよ」

「いえいえ、これがあっしの務めですから！」

張り切る種彦に、次郎吉はうんざり顔である。種彦の耳をつまんで、鋭いささやき声で言った。

「務めも何も、おまえは大平家の中間でも下男でもないだろうが」

「困ったことに、そうなんですよねえ。兄貴についていくしかなくって」

「つきまとわれてたまるか。さっさと奉公先を見つけやがれ」

安千代は、次郎吉と種彦を珍しがった。

「将太先生が小者を連れているのを初めて見たよ。中之郷の屋敷に来ていた頃はいつも一人だった。大平家の奉公人とはあまり仲良くないんでしょう？」

「仲良くないこともないが」

中途半端な言い方をしてしまい、安千代に笑われる。

「でも、今日は愉快な付き人が一緒なんだ。よかったんじゃない？」

安千代と、わざわざ出てきてくれた葉月に見送られ、将太たちは帰路に就いた。

荷物は結局、次郎吉が担いでいる。小柄ではあるが、体の使い方がうまい次郎吉は、多少の荷を担いでも重心がぶれない。音の立たないしなやかな足取りも乱れない。

種彦はしょんぼりと肩を落とした。

「次郎吉兄貴と一緒に、磯上さまのお屋敷でも尋ねたんですけど、今はどこのお屋敷も奉公の口を減らしてるんですって。尾花さまのお屋敷もその近所も駄目、本所も駄目、市ヶ谷も駄目って、今の世の中、あんまりにも世知辛《せちがら》いんじゃありません？」

目をうるうるさせているのが、何とも哀れっぽい。将太は次郎吉に尋ねた。

「いっそのこと、このまま次郎吉さんの仕事を手伝わせてみたら？　ほら、種彦さんも身が軽いし」

次郎吉がじろりと将太を睨んだ。余計なことを言うな、と、声を出さずに口の形だけで告げる。種彦が目をきらきらさせているが、次郎吉は気づかないふりでそっぽを向いている。

浄瑠璃坂に出る角を曲がると、行く手に人々が立ち止まっているのが見えた。

人垣と呼ぶにはまばらなものだが、遠巻きにして何かを見物しているらしい。

「何だろう？　喧嘩か？」

つぶやいた将太の耳に、もっと不穏な言葉が飛び込んできた。

「無礼討ちらしいぞ」

将太はぞっとして足を早めた。近づくと、人々のざわめきの中から、怒りに震える男の声を聞き分けることができた。

「誰に命じられた？　吐け。さもなくば、まずはその耳を削《そ》ぎ落《お》とす」

知っている声だ。将太はぴんときて、遠巻きにする人々の間から飛び出した。

「朱之進さん！」

すらりと立った色白な男が、泥まみれでへたり込んだ男に刀を突きつけている。

手元近くの反りがいくぶん強く、小さく上品な形をした鋒《きっさき》にかけて、優美にほっそりとした刀だ。曼珠沙華《まんじゅしゃげ》を透《す》かし彫《ぼ》りにした鍔《つば》が、黄昏時《たそがれどき》の薄明かりの中できらりと光る。

朱之進である。対する男は、屋敷の奉公人だろうか。その左耳のすぐ上に、朱之進の愛刀冬広《ふゆひろ》がぴたりと据えられている。

まなざしだけで将太を振り向いた朱之進は、冷ややかに言った。

「邪魔立ては無用」

「し、しかし、往来でこんなこと……」

「往来でひざまずいて拾ってみせろと煽《あお》られたのだ。おとなしく従うという道は、俺にはない」

俺、と吐き捨てた。いつもは己のことを拙者と称し、堅苦しい言葉遣いを崩さない朱之進であるのに。

それほどまでに怒っているのだろう。

泥にまみれた文箱《ふばこ》が転がっている。その中身とおぼしき紙片もまた、あたりに散らばって汚れていた。

将太のすぐ足下のぬかるみにも、一枚落ちている。紙いっぱいに桝目《ますめ》が描かれ、一桝につき一つ、数が入っている。手蹟《しゅせき》は二人ぶん。大人の字と子供の字だ。

見覚えがある。確かめるため、将太はその紙を手に取った。

「やっぱり、方陣《ほうじん》だ。これ、朱之進さんと淳平が一緒に作っていた、八十一桝の方陣ですよね？」

泥水を吸った紙はくたりとして、今にも破れそうだった。字もにじんでしまっている。

薄闇に目を凝らせば、散らばっている紙にはすべて、数が書き込まれているようだ。算額をそのまま写し取ったらしいものや、文とおぼしきものもある。

「もしかして、これはすべて、算術に関する記録？　朱之進さんの大切なものでしょう。どうしてこんなことに？」

刀を突きつけられた男は、将太にまで見つめられ、震え上がってしまった。遠巻きにした野次馬も、しんとしている。

張り詰めた気配を、軽妙な声が破った。

「おやおや、さっさと拾ってやらなけりゃ、紙に水が染みて傷んじまいますぜ。こすらないようにして乾かせば、まあ読める程度には戻りますって」

次郎吉である。朱之進が放つ冷え冷えとした殺気をものともせずに、刀の間合いにも平然と踏み込んで、泥まみれや水びたしになった紙を拾い始める。傍らで、種彦も一緒に拾っている。

将太も慌てて手伝った。たまたま手にしたのは、柔らかな女文字による文だ。恋文でないことは、目に飛び込んできた文言によって知れた。

だ。

父上に孝行し、兄弟仲良く。

将太は目を背けた。きっと母からの文だろう。勝手に読んではいけないもの

朱之進と目が合った。刀を納めたところだった。

へたり込んだ男が、尻を上げずに後ずさりをした。すっかり泥まみれの情けない姿である。朱之進は舌打ちをし、男に向けて吐き捨てた。

「剛之助に命じられたのか、おまえ自身の浅知恵かは知らぬが、次はない。二度と俺の部屋に近づくな。俺の持ち物に触れるな。万が一にも再び盗みをはたらくようなことがあれば、問答無用で斬る。とっとと失《う》せろ」

男が這《ほ》う這《ほ》うの体《てい》で逃げだしたところで、成り行きを見守っていた人々もさっと離れていった。

種彦も次郎吉の傍らで、元気よく仕事を手伝っている。紙はすべて拾ってしまったようだ。

「明日は晴れるはずなんで、丁寧に広げて乾かしましょう。ああっ、文箱の端が欠けちまってる！　漆塗《うるしぬ》りの上等な品なのに、何てことだ！」

「耳元で騒ぐな、やかましい」

次郎吉に叱られて、種彦はしょんぼりする。そうしながらも、二人とも手を動かしている。ひどく濡れているものを選り分け、手ぬぐいで水気を吸わせる。二つ、三つに引き裂かれたものは、ばらばらにならないよう、ひとまとめにする。

朱之進は、高ぶった気がまだ治まらない様子だ。黄昏時の薄暗がりにも、怒りのあまり蒼ざめた端整な顔は、くっきりと浮かび上がっている。目が爛々《らんらん》としている。いつでも鯉口《こいぐち》を切れるよう、左手は鞘をつかみ、親指を鍔にかけたままだ。

その立ち姿は般若《はんにゃ》のようでありながら、触れれば壊れてしまいそうにも見えた。

何と声を掛けていいのかわからない。だが、放ってもおけない。

「朱之進さん、あの……俺は今日、たまたまこのあたりを訪れていたんです。親戚の家の養子になった教え子が招いてくれて。ええと、朱之進さんも市ヶ谷と言っていましたよね。このあたりだったんですね」

ああ、と呻くように朱之進は応じた。

「この浄瑠璃坂に門が面しております。為永家といえば、この界隈でも悪名高い。将太どのの教え子も、為永家の腹違いの兄弟が嫡男の座を争って犬猿の仲であると、耳に入れておるやもしれませぬな」

将太は息を呑んだ。

「為永家？」

「偽りを申しておりました。拙者の姓は、橘ではござらぬ。かように恥ずかしい事情を抱えておるゆえ、隠しました。探られとうなかったのです」

「さ、探ったりはしませんよ。朱之進さんが嫌だと言うなら、これ以上は何も聞かずにいます」

「かたじけない」

前に朱之進は、家族とうまくいっていない、というようなことを話していた。自分と似たようなものだろうか、と将太は勝手に思っていたのだが、それどころではないらしい。

「朱之進さん自身は、怪我などありませんか？」

「無傷です。拙者に本気で斬りかかってくるほどの度胸も腕もありませぬよ、我が愚弟は」

「でも、心配ですよ。部屋に勝手に入られて、朱之進さんにとって大事なものを持ち去られて、汚されてしまったんでしょう？　こんなことが続けば、心を削られてしまう。朱之進さん、屋敷を離れたほうがいいんじゃないですか？」

朱之進は、ようやくまっすぐに将太のほうを向いた。青白い顔に、うっすらと笑みを浮かべる。

何ひとつおかしなことがなくとも、朱之進はこうして微笑むのだ。本当に、人形のように整った顔立ちをしている。その顔の下に隠されているのは、傷か、牙《きば》か。

「愚かしいとは己でもわかっており申す。が、あの忌《い》まわしい家を離れるわけにはいかぬのですよ。拙者は勝ちたい。母が病に臥せっておった頃から、一枚ずつ鱗《うろこ》を剝がれるように奪われていった。奪い返し、己が力で生きる道を拓《ひら》くまでは、この闘いを投げ出すつもりはありませぬ」

次郎吉が遠慮のないことを言った。

「そんなんじゃ早死にしますぜ、旦那」

「致し方あるまい。長生きしたいとは思っておらぬ」

笑って応じた朱之進だが、種彦に差しだされた文箱を見ると、嘆息してうつむいた。笑みと虚勢が、その途端、剝がれ落ちた。

たまらない気持ちになって、将太は口を開いた。

「朱之進さん、今晩、勇源堂に泊まりませんか？　それで、よかったら明日、筆子たちをかまってやってくださいよ。いくら何でも、朱之進さんをこのまま屋敷に帰すわけにはいきません。どうしても帰ると言うなら、俺がそっちについていきます」

突拍子《とっぴょうし》もないことを言っている、と自分でもわかった。

朱之進は顔を上げ、目をしばたたいた。ぽかんとしている。邪気の抜けた顔が、なぜだろうか、理世を思わせた。

少しの間、朱之進は黙っていた。そのわずかな間に、黄昏の薄明かりが失せ、夜のとばりが降りた。

やがて朱之進は答えた。

「勇源堂に泊まるというのも、一興やもしれませぬな」

四

将太と朱之進のお供をして勇源堂まで荷を運んだ次郎吉は、食事を調達すると言って、種彦を引き連れてどこへともなく消えた。余計な一言を置き土産《みやげ》にして。

「朱《あけ》の旦那の文箱も、勇源堂の隠し蔵に置いときゃ、誰にも手出しされずに済むんじゃないかね？」

将太は天神机《てんじんづくえ》を端に寄せ、男ふたりがゆっくりできる広さを確保した。直之介の屋敷に泊めてもらってもよかったな、とも思った。もし朱之進が将太と二人では気づまりなようなら、あちらに移ってもいいかもしれない。

行儀よく座った朱之進は、将太の様子を眺めていたが、ひと区切りしたところで口を開いた。

「先ほど次郎吉どのが言っておった隠し蔵とは、一体何のことです？」

やはり気になったらしい。将太は頭を掻き掻き、顔をしかめて白状した。

「しょうもない話なんですよ。朱之進さんみたいな品のいい人に、こういう話をするのも気が引けるんですが」

将太は床の間の前に一枚だけある、半畳《はんじょう》の広さの畳の縁《へり》に指を引っかけた。この半年ほどの間に何度か開け閉めしたので、こつはつかんでいる。

畳を持ち上げると、落とし戸がある。

朱之進が興味深そうにのぞき込んでくる。

「これが隠し蔵ですか」

「ええ。先代の師匠だった勇実先生も、先々代の源三郎先生も、たぶん知らなかったと思います。次郎吉さんが見つけたんですよ。今、この隠し蔵のことを知っているのは、筆子の中でも古株の男の子たちなんですが」

「淳平どのも？」

「ええ。ひょっとして、あいつから何か聞きましたか」

「玉手箱《たまてばこ》なるものを勇源堂に隠しておるのだとか。拙者にこのことを告げるに、筆子仲間の三人から許しは得た。あとは将太どのの許しがまだ、とのことでしたな」

将太は落とし戸を引き開けた。蔵と呼ぶには小さすぎるが、寄木細工《よせぎざいく》の文箱である玉手箱を収めるには十分だ。

「次郎吉さんの言うとおり、朱之進さんの文箱も一緒に収められるでしょう。まあ、朱之進さんが嫌でないのなら、ですけどね」

「玉手箱とやらの中には何が入っておるのです？　淳平どのは、しかとは教えてくれなんだ。拙者なら細工の仕掛けが解けるはず、とは言っておったのですが」

朱之進は玉手箱を手に取ると、精巧な細工に目を凝らしていた。この手の細工や知恵の輪の解き方を、朱之進はたちどころに見出してしまう。まるで手妻《てづま》か、あるいは仙術のようだ。

剣だこのある指で玉手箱の四周に触れた後、朱之進は一つうなずいて、仕掛けを解き始めた。

「やっぱり解けるんですね」

半年前にひと騒動起こした玉手箱が、たちまち開けられてしまう。最後の一手を解き、蓋を開けた朱之進は、大切そうに中身を包んでいる油紙をそっとめくった。

途端、ふはっ、と噴き出す。

「なるほど、淳平どのが妙にもったいぶって、大事なものだ、仲間との秘密だと繰り返すので、何かと思っておれば……」

朱之進の形のよい指が一枚、また一枚と、油紙に包まれていた「お宝」をめくっていく。

言わずもがな、「お宝」とは春画である。勇源堂きってのやんちゃ者である久助と良彦《よしひこ》、絵にこだわりのある銀児、そして朱之進とも親しい算術好きの淳平が、せっせと集めて玉手箱に隠しているのだ。

朱之進は、喉の奥でくつくつと笑っている。笑いすぎて、目尻に涙までにじませている。春画そのものがさほどおもしろいわけではあるまい。張り詰めていた糸がようやく切れて、肩の力が抜けたのだろう。

将太はいくぶん気恥ずかしかったが、朱之進につられて笑ってしまった。

「しょうもない話でしょう？」

「確かにしょうもない。だが、いや……いかん、どうも滑稽で、あははは！」

朱之進が腹の底から笑うのを見るのは、おそらく二度目だ。淳平と算術の話で意気投合したとき、数が色づいて見える、そんな話をしながら嬉しそうに声を立てて笑った。あれ以来だ。

本当はこんなにも明るい声で笑う人なのだ、と思う。くしゃりと笑った顔は、まるで少年のよう。

朱之進は目尻の涙を指で拭った。

「笑いすぎて頰と腹が痛い。まったく、淳平どのたちは、実に愉快なことをしてくれるものだ」

表から吾平の声がした。

「将太さま、朱之進さま、夕餉をお届けにまいりましたえ。入らしてもろうて、よろしゅうおすか？」

将太と朱之進は顔を見合わせた。と思うと、朱之進は見事な素早さで春画と油紙をもとに戻し、箱の蓋を閉めて細工を仕掛けていく。朱之進が隠し蔵に玉手箱を収め、将太がすかさず落とし戸と畳の封をした。

何事もなかったかのように、朱之進が吾平に応じた。

「ご苦労ですな、吾平どの。入ってください」

「へい。お二人ぶんの夕餉をお重に詰めてきました。直先生も一緒や思うたら、今晩はお忙しいそうで、部屋に入ってこんといてくれ言うてはりましたわ。布団は貸してくれはるそうですし、手前が運んでまいります。直先生にもお重の弁当をこしらえていってやりまひょ」

吾平は口を動かしながら手も動かし、お重の弁当を広げたり、大きな急須《きゅうす》に冷ましておいた麦湯を湯呑《ゆの》みに注ぎ分けたりと、二人ぶんの夕餉の支度を整えた。

ほな、と行ってしまいかける吾平を、朱之進が呼び止めた。

「直之介どのの屋敷へ行くなら、『北方異聞録』を借りてきてもらえませぬか」

吾平はにこりとしてみせた。

「へえ。お借りしてまいります」

布団よりも先に、吾平は『北方異聞録』やそのほか二、三の巻子本《かんすぼん》を直之介のもとから借り受けてきた。

おかげで、将太と朱之進と、二人でいて何を話すでもなかったが、気詰まりなこともなかった。行灯の明かりを分け合うようにして、それぞれ手にした本を読みふけった。

朱之進は着々と『北方異聞録』を読み進めていた。途中、巻の切れ間に顔を上げ、ほう、と満足げな息をつく。深い海に潜っていた鯨《くじら》が息を継ぐさまにも思えた。

将太は初め、安千代とともに再び読み進めることになった『酉陽雑俎』を広げていた。しかし、朱之進がときたま二言三言、この戦いは見事だとか、この人物が好ましいなどとつぶやくので、そうでしょうと応じながら、結局『北方異聞録』に引き寄せられてしまった。

やがてとっぷりと夜が更けてしまい、明日に障るというので明かりを消した。

朱之進は枕が変わっても大丈夫だろうか。気になりつつも、将太は横になるとたちまち眠気を覚え、うとうとと、心地よいまどろみに誘われた。

虫の音が聞こえてくる。

矢島家の広い庭で、鈴虫《すずむし》、松虫、こおろぎ、きりぎりす、くつわ虫が各々《おのおの》の唄を歌っている。昼間に姿を見せる蜻蛉《とんぼ》や飛蝗《ばった》や蟷螂《かまきり》は、いろんな唄の響く中、どこで眠っているのだろうか。

おかしな話で、本に没頭している間は、虫の音など聞こえなかった。将太の心は物語の中に迷い込み、極寒の蝦夷地を旅していたから、聞こえるのは吹雪の音ばかりだった。朱之進もそうだろうか。

「……もう、眠ってしまったか？」

朱之進のささやく声が、虫の音よりもずっと近いところから聞こえてきた。

何だ、朱之進さん。何か話があるんですか？

声を上げてそう応じるには、まどろみが深すぎる。朱之進の話すのが聞こえはするが、一方で、自分がすうすうと寝息を立てているのもわかる。

将太が動かないのをわかった上でのことだろう。朱之進はひそやかな声で、秘密めいたことをささやいた。

「先頃、理世の母の素性《すじよう》を他人に言いふらしたのは、我が愚弟だった。理世がずいぶん傷ついたと聞いた。面目ない。愚弟めは、何としても俺の邪魔をせずにはいられぬらしい。あやつとて、俺と同じく理世の兄、父を同じくする、血のつながった兄であるというのに、情《じよう》のないやつだ」

理世の兄。

すとんと腑に落ちた。なるほど確かに、朱之進は理世とどこか似ている。笑った顔があどけなく見えるときなど、とりわけ似ているように感じられる。

「俺とて、さほど優しい兄でもないが。理世を為永家の娘として遇し、どこぞに縁づかせて俺のために役立ってもらうつもりだった。父はあてにならぬ。この世を、己が真ん中に立つ舞台だと勘違いしている。あの男の腹案では、理世はどんな役割を負わされているのか」

不快なり、と朱之進は歌うように言った。繰り返し、不快なり、不快なりと歌った。

だが、どれほど不快でも理不尽でも、投げ出すことなく闘い、抗って生きてきたのだろう。苦しみを誰とも分かち合うことなく、独りきりで。

惚《ほ》れ惚《ぼ》れするほどに気高い人だ、と将太は思った。悲しい人だ、とも思った。

「為永家の娘である理世が江戸にいることは、むろん父も知っている。為永家に関わる者、誰もが知っている。理世も逃れられまい。血縁があればこそ争い合うのが我が家の宿命だとしたら、理世にも強くあってもらわねばならぬ。さもなくば……」

朱之進はそこで言葉を切った。寝返りを打つ音。将太に背を向けたようだ。

しばらく待った。

虫の音ばかりが聞こえてくる。話の続きは途絶えてしまった。

将太は、いつしか眠りに落ちていた。


夜明け前に目が覚めるのはいつものことだ。枕が変わろうと、天気が悪かろうと、将太は存外きっちりとその刻限に起きる。

勇源堂は六畳二間の広さなので、天神机を端に寄せれば、男ふたりが枕を延べても十分に狭苦しさを感じさせない。

朱之進は夜着《よぎ》にくるまり、枕を使わず、体を丸めて眠っていた。

「ゆうべの話は、何だったんだ……」

夢うつつの中で聞こえてきた、朱之進の独白である。理世の兄だということ。兄弟で相争う現状。父を疎《うと》んじる言葉。不快なり、と歌うような響き。

聞かされたときは、腑に落ちると感じた。朱之進の語るとおりに、理世にまで悲しいさだめが迫っているのだと思うと、じんわりと息苦しくなるようにも感じた。

だが、きちんと醒《さ》めた頭で考えれば、将太の採るべき道は一つだ。

「理世は、今は俺の妹だ。血のつながりがなかろうが、俺が理世の兄なんだ。俺が理世を守る。血筋による宿命？　そんなもので理世が不幸せになるなど、許せない。理世に手出しは無用だ。朱之進さん、あなたであっても」

ささやくつもりでも、将太の声はどうしても大きくなってしまう。だが、朱之進は眠ったままだ。

疲れているのだろう。自分の家こそが闘いの場であるなら、どこで翼《つばさ》を休めるというのか。もうしばらく寝かせておこう。筆子たちが押しかけてくる、ぎりぎりまで。

己自身を守ろうとするかのように丸まって眠る朱之進を残し、将太は庭に出た。

しっとりと冷えた早朝の風が頬を撫でる。露に濡れながら、夏の名残《なごり》の朝顔が一つ、絞り模様の鮮やかな花を咲かせていた。

この作品は双葉文庫のために書き下ろされました。

双葉文庫

は-38-14

義妹《いもうと》にちょっかいは無用《むよう》にて❹

2024年7月13日　第1刷発行

【著者】

駈月基矢《はせつきもとや》

【発行者】

箕浦克史

【発行所】

株式会社双葉社

〒162-8540 東京都新宿区東五軒町3番28号

［電話］03-5261-4818（営業部）　03-5261-4831（編集部）

www.futabasha.co.jp（双葉社の書籍・コミックが買えます）

【印刷所】

中央精版印刷株式会社

【製本所】

中央精版印刷株式会社

【フォーマット・デザイン】

日下潤一

ISBN978-4-575-67207-7 C0193
Printed in Japan